Contromano

VOLUMI PUBBLICATI

Alberto Campo
Get Back!
I giorni del rock

Aldo Nove
Milano non è Milano

DI PROSSIMA PUBBLICAZIONE

Yurij Castelfranchi
Amazzonia.
Viaggio dall'altra parte del mare

Federico Rampini
San Francisco-Milano

David Randall
Il giornalista quasi perfetto

Aldo Nove

Milano non è Milano

Editori Laterza

Prima edizione 2004

Finito di stampare nel giugno 2004
Poligrafico Dehoniano - Stabilimento di Bari
per conto della Gius. Laterza & Figli Spa
CL 20-7373-0
ISBN 88-420-7373-3

Indice

Milano non è Milano

Il capitolo *Secondo intermezzo. Milano tutta d'un fiato* è frutto di una rielaborazione delle pp. 139-141 e 158-162 di *Amore mio infinito*, Einaudi, Torino 2000.

Axolotl

Axolotl.
Sì.
Axolotl.

È una parolaccia, Axolotl?
Una parola senza senso?
Uno psicofarmaco?
Una formula magica?

Non è nulla di tutto questo.
Però, c'entra con la magia.
Non propriamente. Meglio: con la religione.
C'entra con la religione, Axolotl.
Con una religione antica. Che non si usa più.

Axolotl, diciamolo, era una divinità azteca.

Gli Aztechi, come sappiamo, erano una popolazione sterminata diversi secoli fa da zelanti cercatori d'oro dell'Europa nostra.

Tutta quella cosa al seguito di Cristoforo Colombo che ha portato la Civiltà oltreoceano e causato sessantanove milioni di morti.

Ma questa è un'altra storia.

Torniamo a Axolotl.

La divinità azteca. Come divinità non era normale.

Sì, era una divinità molto bizzarra, Axolotl.

Allora...

Per gli Aztechi c'era un ordine cosmico, al capo del quale si trovava il Sole. Il Sole era anche lui una divinità, la più importante divinità di tutte quelle che esistevano allora. A un certo punto, il Sole si rende conto che per mandare avanti il mondo ci vuole tanta energia. Tantissima.

Questo pensavano gli Aztechi svariati secoli fa.

Il Sole insomma non ce la fa più, si rabbuia, rischia di spegnersi, la qual cosa sarebbe una catastrofe cosmica, e per questo chiede a tutti gli altri dèi aztechi di sacrificarsi per lui.

"Tutti gli dèi devono morire per darmi energia", dice il Sole.

Gli dèi ci pensano un po' su. La situazione è tragica. Siccome gli dèi sono nell'universo, e non c'è altro che universo, e l'universo è retto dal Sole, che gli dà la vita, se muore il Sole muoiono anche loro, gli altri dèi.

È una storia complicata.

Gli dèi decidono di sacrificarsi. Si uccidono, ed offrono il proprio corpo al Sole. Il Sole li mangia, si carica di energia, e continua a fare andare avanti l'universo. Quel Sole, unica divinità rimasta, nel periodo in cui gli Aztechi venivano sterminati dai cercatori d'oro cristiani, era il residuo del culto religioso locale, che si trasformava nel Dio degli invasori. Il dio della croce, il dio del sacrificio. Prima che questa mutazione religiosa avesse però attecchito, gli Aztechi erano tutti morti, e non se ne fece nulla.

Comunque il Sole si era mangiato tutte le altre divinità tranne una. Un dio che si chiamava Xolotl. Questo dio aveva una grandissima voglia di vivere. Diceva che lui non era felice di morire per fare andare avanti l'universo, perché tanto, se non c'era più lui, dell'universo non gliene fregava nulla. Aveva ragione, sul piano personale il discorso era molto intelligente.

Io, ad esempio, se muoio per il bene dell'universo non so come va, se mi piace, perché anch'io sono un pezzo di universo, e dal mio punto di vista, che è l'unico che ho, non farne più parte è uguale alla sua scomparsa.

Alla scomparsa dell'universo.

Xolotl questo lo sapeva.

Ci pensava.

Si metteva in un angolo nascosto del Creato e rifletteva.

Aveva paura.

Pensandoci, Xolotl trovò una soluzione. Tutti gli altri dèi sono una divinità, diceva tra sé e sé, ciascuno ha la sua forma e il suo nome. Ma se io mi trasformo in continuazione, non sono più niente. Divento senza sosta un'altra cosa. Non sono più io. Sono tutto. E niente. Se sono tutto e niente nessuno mi capisce, nessuno sa chi sono, nessuno mi mangia, io continuo a vivere.

Xolotl ha così cambiato nome, è diventato Axolotl.

Primo Levi, nella sua novella *Angelica farfalla*, racconta di uno strano animale, che si chiama anche lui, guarda un po', Axolotl: “In certi laghi del Messico vive un animale dal nome impossibile, fatto un po' come una salamandra. Vive indisturbato non so da quanti milioni di anni come se niente fosse, eppure è il titolare e il responsabile di una specie di scandalo biologico: perché si riproduce allo stato larvale... Insomma, è come se un bruco, anzi una bruca, una femmina insomma, si accoppiasse con un altro bruco, venisse fecondata, e deponesse le uova prima di diventare farfalla. E dalle uova, naturalmente, nascessero altri bruchi. Allora a cosa serve diventare farfalla? A cosa serve diventare un insetto perfetto? Si può anche farne a meno. Infatti, l'Axolotl ne fa a meno (così si chiama il mostriciattolo, avevo dimenticato di dirvelo). Ne fa a meno quasi sempre: solo un individuo ogni cento, o ogni mille, forse particolarmente longevo, un bel po' di tempo dopo essersi riprodotto, si trasforma in un animale diverso"...

Ecco invece cosa dice, dell'Axolotl, Vinicio E. Morales, in *Miti Maya e Aztechi* (Xenia, 1993): "Quando fu il suo turno di morire, prese la fuga e si nascose in un campo di mais ove si trasformò in una pianta dal doppio gambo – motivo per cui il contadino la chiamò Xolotl – ma venne scoperto fra le piante. Allora scappò per la seconda volta, si nascose tra le agavi e si trasformò in un'agave dal doppio gambo, che per questo viene detta Mexolotl. Venne nuovamente scoperto e fuggì, questa volta in acqua, ove si tramutò in un pesce, che per questo si chiama Axolotl".

Insomma, un dio simpaticissimo e bizzarro.

Uno strano animale, un bruco che rinnega la sua propensione a trasformarsi in farfalla, ma non del tutto, ogni tanto farfalla ci diventa. Ogni tanto.

Una divinità che si trasforma in pianta.

Per non morire.

Che diventa un pesce.

Che incessantemente si trasforma.

Come Milano.

Milano in generale

Hai voglia a dire Milano, Milano.
Hai voglia a scrivere Milano, Milano.
Bisogna prima intendersi bene.
Capire di cosa stiamo parlando.
Di cosa stiamo scrivendo.

Internet a proposito può essere fuorviante.
Se cerchiamo informazioni su Milano attraverso un motore di ricerca troviamo moltissimi siti.
A volte subito.
A volte dopo un po' di attesa.
Dipende dalla connessione.

Alcuni dei siti su Milano sono a carattere pornografico, e sono dedicati ad Alyssa Milano, che non è città ma è una donna.
Un'attrice (non porno).
Diventata star mondiale con il serial televisivo *Streghe*.

Alyssa Jaine Milano è nata il 19 dicembre 1972 a Brooklin.
A otto anni debutta in un musical che la fa restare in giro

per l'America un anno intero. Alla fine del tour, a New York, partecipa all'adattamento musicale di *Jane Eyre* per il Theater Opera Music Institute.

Studia teatro per alcuni anni e nel 1984 fa la sua prima comparsa nel serial televisivo *Who is the boss?* che proseguirà fino al 1992.

Nel 1985 è Jenny in *Commando*, al fianco di Arnold Schwarzenegger.

Nel 1988 partecipa a due film per la tv: uno è *Crash Course*, dove recita nel ruolo di Vanessa Crawford, l'altro è *Dance till Dawn*, dove interpreta il ruolo di Shelly Sheridan.

Nel 1993 gira un film, *Double Dragon*, diretto da James Yukich, e tre sceneggiati televisivi: *Candles in the Dark* (dove è Sylvia Velliste), *Casualties of Love: The Long Island Lolita Story* (nel ruolo di Amy Fisher) e *Confessions of a Sorority Girl*, nel ruolo di Rita.

Nel 1994 è ancora al cinema con *Embrace of the Vampire*, di Anne Goursaud.

Nel 1995 è la protagonista di *Public Enemy – ricercati vivi o morti*, diretto da Mark L. Lester e di *La mia peggiore nemica n. 2*, di Anne Goursaud.

Nel 1996 è tra gli interpreti di *Paura* di James Foley e partecipa al film tv *Brave Alaska*.

Nel 1997, e fino a tutto il 1998, recita nel celeberrimo *Melrose Place*, che le dà la celebrità mondiale, ed è protagonista di *Hugo Pool*, di Robert Downey Sr.

Nel 2000 recita in *Streghe*, che la consacra vera star. In Italia, Rai Uno ha diffuso le prime due serie. Nel telefilm, Alyssa interpreta Phoebe Halliwell, una delle tre sorelle protagoniste della serie, dotata di poteri magici che le consentono di vedere il futuro attraverso delle premonizioni e di inventare nuove formule magiche. Ora Alyssa Milano tra le altre cose è bellissima. E così sono spuntati centinaia di siti, ovviamente non ufficiali, su di lei. Alcuni contenevano sue foto di nudo (piuttosto caste), altri foto decisamente spinte (ma finte) ed altri ancora usavano, ed usano, il suo nome appunto per indirizzare i malcapitati utenti dei motori di ricerca ai più svariati siti pornografici a pagamento. Ma tutto questo, in fondo, non ci interessa molto. Anche se era meglio appurarlo, a scanso di equivoci.

Passiamo adesso all'altra Milano.

Quella che interessa a noi.

Milano è il capoluogo della regione Lombardia, in Italia, e ha più o meno 4.250.000 abitanti

Abbandonata Alyssa, a cui auguriamo sempre più grandi successi e un uso meno scriteriato della sua avvenenza sulla Rete, occupiamoci adesso della nostra Milano. Proprio a livello scolastico.

Ripassiamo la lezione.

Stabiliamo i parametri.

Facciamo le cose per bene.

Sennò non si capisce più niente.

Perché bisogna sapere di cosa si parla.

Allora. Milano è in Lombardia.

I confini della Lombardia, regione del Nord Italia, sono: nord Svizzera, ovest Piemonte, est Veneto e Trentino Alto Adige, sud Emilia Romagna.

Le province sono undici: Milano, Bergamo, Brescia, Mantova, Cremona, Pavia, Lodi, Varese, Como, Lecco, Sondrio.

Il territorio della regione è coperto per il 47% dalla pianura, per il 12% dalla collina e per il 41% dalla montagna.

A nord si estende la fascia montuosa, che comprende le Alpi Lepontine e Retiche; scendendo verso sud si incontra prima la fascia prealpina, prevalentemente collinare (comprendente le Orbite, le Prealpi varesine, comasche, bergamasche e bresciane), e quindi la fascia pianeggiante della pianura Padana. All'estremo lembo di sud-ovest, la regione riprende a salire verso l'Appennino ligure. I rilievi principali sono il monte Bermina (4049 m), Gran Zebrù (3859 m), Cevedale (3764 m), Adamello (3554 m), Pizzo di Cocca (3052 m). Lo Stelvio, lo Spluga, il Tonale sono i principali passi alpini. La salcatura tra Prealpi e pianura comprende una fascia collinare principalmente di origine morenica. La pianura è interamente di origine alluvionale, e si divide in alta pianura (arida e ghiaiosa, con profonde falde acquifere e poco fertile) e in bassa pianura (sabbiosa, con falde subfiorenti, ricca di acqua e fertile). Le due zone sono divise dalla fascia dei fontanili o risorgive.

La regione è attraversata da numerosi fiumi: Ticino, Adda, Brembo, Serio, Oglio, Mincio, Po.

Numerosi sono anche i laghi, in maggioranza di origine glaciale: lago Maggiore, lago di Lugano, lago di Como, lago d'Iseo, lago d'Idro, lago di Garda e numerosi altri di origine alpina o bacini artificiali.

In pianura esistono numerosi canali destinati all'irrigazione, tra cui il Villoresi, la Martesana, la Muzza, il Naviglio Grande, il Naviglio Pavese.

Il clima della Lombardia, di tipo semicontinentale, non è omogeneo, presentando variazioni a seconda dell'altitudine, della vicinanza ai laghi e dell'esposizione. In primavera e in autunno si concentrano le maggiori precipitazioni, che variano da 800 a 3000 mm annui. La vegetazione si diversifica a seconda della quota e delle attività umane.

Il capoluogo di regione è Milano, principale centro economico e finanziario d'Italia. Considerando l'agglomerato urbano è la città con più abitanti (4.250.000).

Fino a qua ci siamo arrivati.

Le notizie sono chiare.

A parte una. Cosa si intende per agglomerato urbano?

Dove finisce Milano?

In realtà, Milano è in continua espansione.

E se Tokyo si svuota ogni giorno di metà dei suoi abitanti, per Milano non è molto diverso. E poi i confini.

Quarto Oggiaro (celebre negli anni Sessanta come quartiere ad alto rischio, oggi quasi zona residenziale, malgrado conservi la sua realtà periferica e popolare) è a Milano?

Sulla carta sì. È semplice periferia.

E Pero (centro industriale a nord-est della metropoli)?

Sulla carta no.

Ma entrando in Milano, dalla tangenziale, si entra in Pero.

Fa parte dell'"agglomerato urbano di Milano".

Milano che ogni giorno si trasforma.

Milano in questo momento

E quindi. “Non è possibile immergersi due volte nello stesso fiume”, diceva Eraclito (e anche Battiato). Allo stesso modo, non è possibile andare a Milano due volte. Nel senso della frase di Eraclito (e di Battiato), ovviamente.

Come quella bizzarra divinità azteca, (a)Xolotl, che si trasforma per non morire, Milano non ne vuole sapere di essere se stessa.

Sta diventando sempre qualcos’altro.

Ci arrivi, decidi di passeggiarci, passeggi in un perenne cantiere e pensi a quando sarà finito.

Il cantiere.

La città.

Ma non finiscono mai, il cantiere, la città, e continuano a cambiare.

C’è uno sguardo superficiale sulle cose che ti permette di cogliere quello che immediatamente ciò che ti si presenta davanti ha da dirti.

Milano *in questo momento* è muta.

Sta cambiando discorso.

In questo momento che è l’adesso di chi prova a guardarla.

Questa continua trasformazione.

Questa forma di mutismo architettonico (che come per l'Axolotl animale descritto da Primo Levi ha le sue eccezioni), stordito però dal caos dei rumori che l'invadono, è forse la sua cifra più immediata.

La prima che ti colpisce quando ci vai, per la seconda volta.

E la trovi diversa dalla precedente.

Poi ti ci abitui.

La troverai sempre diversa.

I milanesi lo sanno.

Come la loro città, cambiano. Cambiano lavoro, cambiano residenza. La maggior parte dei milanesi che possono farlo nel fine settimana vanno altrove. In un posto che resta fermo. Di quelli che ci torni la settimana dopo ed è lì, come lo avevi lasciato la settimana prima.

Chi scrive ha trascorso la sua infanzia in un piccolo paese al confine con la Svizzera, a un paio d'ore di macchina da Milano. Si chiama Viggiù. Fino agli anni Settanta, Viggiù è stata "una località di soggiorno". Negli anni Cinquanta ha avuto un suo periodo di discreta fama per un improbabile motivetto di successo, *I pompieri di Viggiù*, che è diventato poi uno dei più bei film di Totò.

A Viggiù, a quei tempi, c'erano molti alberghi e diverse ville che tutta la settimana rimanevano vuote. Il venerdì sera, quegli alberghi e quelle ville si riempivano di milanesi.

Per noi paesani i milanesi erano animali strani. Avevano fretta, i milanesi. Si muovevano, in fretta. Quando all'oratorio di Viggiù, durante le partite di calcio, qualcuno si faceva cogliere da frenesia e attraversava tutto il campo da gioco tenendo presso di sé il pallone, quasi giocasse da solo, più veloce degli altri, e capitava, dicevamo smettila, di fare il milanese.

I milanesi avevano una serie di atteggiamenti sintomatici della loro provenienza. Facevano i pic-nic. Nelle colline attorno a Viggiù. Ma li facevano a metà. In questo senso. Apparecchiavano vicino alla strada. Quasi in strada. Il pic-nic lo facevano metà sull'erba e metà sull'asfalto.

Decifravo questa stranezza dei milanesi come una nostalgia per la città, per la sua condizione di luogo di residenza glassato di cemento.

Ascoltavamo le canzoni di Celentano che ci raccontava di alberi di trenta piani, di ragazzi della via Gluck cresciuti in deprimenti ex campi trasformati in un immenso magazzino di alveari abitativi.

Non erano belle suggestioni.

A dire la verità, Milano (la città) faceva un po' paura.
Era una cosa poco precisa.
Se ci andavi ne vedevi un poco.
Qualcosa.
Non era possibile vederla tutta.
Se ci tornavi era cambiata.
Ma non abbastanza da essere un'altra cosa.
Era sempre Milano.
Ci facevano i panettoni.
E c'era il Duomo.
E in cima al Duomo la Madonnina.

Ogni tanto, qualcuno andava a Milano a lavorare.

Le prodigiose sorti del Moplen

La prima volta che sono andato a Milano avevo cinque anni.
Era il 1974.
C'era la Fiera Campionaria e mio padre mi ci ha portato.
In treno.

Venendo a Milano in treno dalla provincia di Varese nei primi anni Settanta era possibile assistere, ai finestrini, alla progressiva costruzione di un'idea di città che corrispondeva a una sorta di dilatazione all'inverosimile degli spazi, allo stesso tempo costretti dal loro gonfiarsi a ridursi, in un gioco strano di addizioni e sottrazioni visive. Strade e case. E poi le case che si ingrandivano, grattacieli, caseggiati immensi che erano come le case di pochi chilometri prima ma gonfiate, strapiene di persone. Un ingorgo di gente che abitava nello stesso posto, separata da pareti che vedevi scrostate o tirate a lucido ma dimesse. Perché non erano lì, non ancora lì. In quel posto. Ne percepivi l'energia diversi chilometri prima di arrivarci. E quel posto, un centro verso il quale andavi, a un certo punto arrivava, e si chiamava Milano e non aveva centro.

Da Saronno, ancora cittadina, una successione di campi interrotti sempre più frequentemente da palazzi tutti uguali, e poi le vere periferie Baranzate Novate Milanese Quarto Oggiaro.

Quarto Oggiaro è già Milano.

Forse ancora più di Milano milanese. Tutta piena, di case. Grandi. Negli occhi di un bambino che viene da un piccolo paese arrivare a Milano dava un senso di smarrimento.

Come fanno tutte queste persone ad abitare qui.
Perché, abitano qui.
Perché qui è Milano.
È quasi Milano.
E tutti ci stanno.
Perché a Milano ci sono tante cose.
Tutte quelle che non ci sono negli altri posti.
Sono lì.
Le cose.
Per questo la gente va a Milano.

Pensavo. Poi il treno arrivava *veramente* a Milano. Prima la fermata di Bovisa e poi la Bullona. La Bullona era la stazione dove si doveva scendere per "andare alla Fiera", e ora si chiama "Domodossola". Ci si arrivava dopo una progressione di piccole gallerie. Nere. Acciaio su acciaio. Industria pesante. Industrie abbandonate da anni, come totem di una civiltà immediatamente passata, ancora oggi visibili alla periferia nord della metropoli, capannoni fatiscenti. Odore di grasso industriale. Unto. Lavoro. Mondo operaio. Velocità, gente che non si ferma. Che deve andare a lavorare. Tutto questo pensavo e vedevo e scendevo dal treno. Di fronte ai muri anneriti dallo smog. Ovviamente, per un bambino, Milano è ancora più grande. Ovviamente, per un bambino che arriva a Milano dalla provincia, Milano è un sogno, strano. Anche un incubo, potremmo dire. "Un sogno guasto e cavo al centro", ha detto un grande poeta milanese, Milo De Angelis, forse il più capace, negli ultimi trent'anni, di descrivere le suggestioni e le inquietudini del capoluogo lombardo. O più sobriamente, senza suggestioni metafisiche, quello che avverti, che avvertivo da bambino, era l'urto di una città "acuta e dura" (Franco Buffoni, altro grande poeta lombardo).

Dalla (ex) stazione di Bullona una folla immensa di persone si arrampicava per due scale parallele, ai due lati della stazione, e da lì brevemente si era alla "Fiera".

La Fiera di Milano, dalle sue origini ottocentesche a oggi, è un perfetto esempio di mutazione perenne. All'inizio era nel parco Sempione. Nel 1906 si è spostata nella piazza d'armi dell'Ottocento. Era un quadrato con due viali alberati all'interno, due corsi che si potevano percorrere per vedere ogni genere di mercanzia. Nel 1920 si trasferisce sui bastioni di Porta Venezia e tre anni dopo, ancora, trasloca dove attualmente si trova, e dove l'ho visitata nei primi anni Settanta. La prima volta che sono andato a Milano. Anno dopo anno è cresciuta, durante la seconda guerra mondiale è stata parzialmente distrutta e quindi ricostruita e ampliata.

La Fiera di Milano è un immenso spazio espositivo.

Ed era, fino alla fine degli anni Ottanta, una specie di cittadina dove al posto delle case svettano dei palazzi, i padiglioni, sedi di esposizioni. Nel dopoguerra è stata ampliata e ha continuato a ingrandirsi fino agli anni Novanta. Nel 1947 è stato costruito il palazzo delle Nazioni, nel 1957 l'Emiciclo, nel 1957 il Padiglione dell'Agricoltura, nel 1997 il Padiglione della Meccanica...

Ecco lo stralcio della descrizione di un visitatore della Fiera di Milano nel 1932, spaesato di fronte alla massa di "macchinari nuovi per le famiglie": "Macchine interessanti si trovano nel Padiglione delle forniture casalinghe detto anche Padiglione delle cinque gallerie; alludo a tutte le cucine, cucinette, fornelli, tagliapasta, pentole e caffettiere che interessano grandemente il pubblico dei visitatori per la loro immediata e tangibile utilità. Questi stands sono sempre molto affollati. C'è chi prepara delle bistecche, conclamando la speditezza della loro preparazione, e chi, con la massima disinvoltura, fa bollire un pollo sotto gli occhi del pubblico. Si può facilmente pensare cosa significhi un elegante fornello a benzina per coloro che abitano nelle piccole città dove non arriva il gas. Ho ammirato un fornello a spirito che, capovolto, seguitava ad ardere tranquillo, senza generare disastri. Ho ammirato il rubinetto Carloni, questa geniale invenzione di un uomo pratico ed esperto, che meriterebbe d'esser più conosciuta e largamente adottata. Dal rubinetto, comandato mediante una salda manopola ad eccentrico, che credo non riuscirebbero a rompere le più intelligenti donne di servizio, sono escluse le viti, i premistoffa e le preziose 'coramelle' che servono di pretesto al nostro idraulico per beccarsi di quando in quando una quindicina di lire. Macchine, macchine da caffè espresso, aspirapolvere elettrici e spazzoloni elettrici, gelatiere, dolcere, frullini, apriscatola e sturabottiglie, ferri da stiro e macinini da caffè, macchine per tostare il medesimo, macchine per il burro, macchine per affettare il prosciutto, macchine per preparare lo sabaglione [sic], sono esposte al Padiglione dell'Arredamento, nel sotterraneo, dove trionfano il nikelio e l'ebanite; i pelapatate automatici vi furoreggiano e le più imponenti carote vengono tagliuzzate nel tempo di un battibaleno in graziosi cirri, in cubetti, in merletti, per la gioia del cuoco e del salumiere"...

Altri tempi.

E chissà che fine hanno fatto il rubinetto Carloni e buona parte di queste meraviglie di un futuro ormai antichissimo.

Comunque, l'entusiasta visitatore, che faceva l'ingegnere e lo scrittore, si chiamava Carlo Emilio Gadda.

E poi.

La Fiera di Milano è cresciuta a un tale livello, nel tempo, che si è pensato di trasferirla in periferia, ad esempio a Pero, nell'hinterland.

In realtà, alla fine degli anni Ottanta, la Fiera è implosa, ha perso la sua organicità ed è diventata sede di numerose piccole fiere. La più famosa, attualmente, è forse lo SMAU, il salone dell'informatica dove per qualche giorno ci si può tuffare nell'immaginario prossimo venturo.

È difficile dire cosa fosse la Fiera Campionaria trent'anni fa. Il più grande centro commerciale del mondo. Un mondo in cui c'erano tutti i negozi riassunti in uno spazio dove tu passavi e vedevi le cose e sapevi che c'erano e il vuoto e il Cosmo si riempivano di colori e elettrodomestici esotici, cibi sconosciuti e macchine fantascientifiche, le prodigiose sorti del Moplen. Un carosello tridimensionale. Il paradiso delle merci. Nel palazzo delle Nazioni c'era un piccolo bigino della Terra, ogni stand era uno Stato e con le scale mobili ti spostavi da un continente all'altro, dentro Milano. La collocazione però era casuale. C'era lo stand dell'Argentina vicino a quello della Germania, quello del Canada attaccato a quello della Svizzera, i profumi delle tortillas fresche si confondevano con quelli dei wurstel bavaresi. Tutto ovattato. Inscatolato e impacchettato fresco, come i biscotti Oro Saiwa. Un profumo di mondo che va bene, produce il suo spettacolo di benessere infinito. L'incanto di una macchina mondiale che sforna meraviglie che non smettono di migliorare. Non ho mai più assistito a un'esibizione così fiera delle cose da usare, e poi da buttare, quasi allo stato di natura, da mondo selvaggio alla rovescia, un mondo dove la produzione esiste allo stato brado, una savana delle merci, in un documentario reale, da attraversare pieni di depliant che nel tempo diventano un'enciclopedia dell'effimero necessario, nei solai, nelle spazzature di migliaia di spettatori del sogno del benessere.

Come nei romanzi di Jules Verne, che ricostruiva nei sottomarini pronti a sfidare i più minacciosi abissi la perfetta casa altolocata francese di fine Ottocento, alla Fiera di Milano anche l'inquietudine era tenuta sotto controllo, aveva la sua confortevole dignità borghese. Nel 1974 era di moda la paura della terza guerra mondiale e c'erano parecchi stand che esibivano i propri gradevoli rifugi antiatomici. Li potevi visitare. Ti trovavi dentro una navicella sperduta nel mondo finito, ma tu eri lì dentro, ed era un bell'appartamentino, con tutto il necessario per sognare tutte quelle cose che la Fiera ti faceva vedere.

L'unico paradiso che ho conosciuto, e che oggi prosegue frammentato, e non ha più pareti e viali e padiglioni che ti aspettano una volta all'anno per farti vedere che il bello esiste e lo si può comprare.

La dattilografa di luce

Essendo questa una sorta di "guida" a Milano, presumo che debba smetterla con i ricordi personali e parlare di Milano oggi. Sempre tenendo presente la provvisorietà di questo oggi, *in questo momento* che non è quasi mai dato.

Prima, però, ho bisogno di condividere con chi legge un altro ricordo, troppo potente nell'immaginario mio ma di chiunque abbia visitato o visiterà (o non vedrà affatto, ma in qualche modo la penserà, essendo ormai immaginario collettivo mondiale) piazza Duomo. Più avanti ne parlerò in modo esteso. Anche nel paradosso della sua mai data attualità (più che altro, il Duomo è sempre impacchettato, un giorno *lo si potrà vedere tutto*, ma alla vista ne manca un pezzo sempre; mentre scrivo, agli inizi del 2004, all'angolo con via dei Mercanti, quando ci si affaccia alla piazza, si possono sentire i commenti di delusione di chi arriva, magari dal Giappone, molto spesso dal Giappone, e si trova davanti a un cubo grigio di impalcature, in cima al quale si vede la Madonnina).

In piazza Duomo ci sono andato nel 1974.

Mio padre era un fanatico di presepi (esistono anche i fanatici di presepi) e in piazza Duomo c'era, e c'è tutt'ora, la tradizione di allestire a Natale grossi presepi. Io da bambino sapevo che c'era questa piazza famosa in tutto il mondo e che era il cuore di Milano che era il cuore della Lombardia. Ci siamo arrivati in metropolitana e per tutto il tragitto pensavo come sarà, questa piazza Duomo. Era dicembre, aveva appena nevicato e faceva freddo. Un freddo pungente. Un freddo immediatamente svanito di fronte a uno degli spettacoli più belli che avessi visto nella mia vita.

Nella mia vita, nel 1974, avevo già visto:

1) I campi innevati della Svizzera.

2) Mia madre.

3) Una cosina che mi aveva fatto vedere mia cugina in cantina che da lì a pochi anni avrei capito essere molto importante per la vita umana.

4) Il parroco di Viggiù ubriaco.

5) Bobby Solo (dal vivo).

6) Gli gnu (alla tele).

7) I biscotti Colussi.

e un sacco di altre cose, ma nessuna bella come quella.

Che ho visto quella volta.

Che ero in piazza Duomo.

E non c'entrava niente con il Duomo. Ma era dall'altra parte della piazza. Dove in un trionfo di luci al neon una dattilografa di luce batteva a macchina. Come di fronte a un videogioco grande due volte una casa normale.

Una donna gigante di luce.

In una città su una parete di luce.

Decine di pubblicità.

Un bombardamento di colori.

Il Duomo, la chiesa, dall'altra parte, non l'avevo proprio visto.

Il neon, il suo freddo calore sospeso là in alto, vivo, si fondeva con l'inverno, come un fuoco immaginifico, quello delle fiabe di quando tutto era di fòrmica, la plastica trionfava. Di quel tripudio di pubblicità, di quella stenografa che per decenni ha riempito piazza Duomo, si trova traccia in *Miracolo a Milano*, dove i barboni protagonisti della favola neorealista, stagliandosi in bicicletta nel cielo della metropoli, quasi la sfiorano, come una divinità del consumismo nella sua età dell'oro, un'Atlantide aerea del sogno di comprare tante cose.

Ne parla anche Elio Pagliarani, nel più vivido ritratto della Milano degli anni Cinquanta, nella sua *Ragazza Carla*, spostando appena la prospettiva, per dire cosa è stata per decenni quella piazza, il tripudio dell'entusiasmo del lavoro, la sua velenosa scia colorata, la promessa di ricchezza, nella sua frettolosità luminescente, da guardare con gli occhi rivolti verso l'alto:

All'ombra del Duomo, di un fianco del Duomo
I segni colorati dei semafori le polveri idriz elettriche
Mobili sulle facciate del vecchio casermone d'angolo
Fra l'infelice corso Vittorio Emanuele e Camposanto,
Santa Radegonda, Odeon bar cinema e teatro
Un casermone sinistrato e cadente che sarà la Rinascente
Cento targhe d'ottone come quella
TRANSOCEAN LIMITED IMPORT EXPORT COMPANY
Le nove di mattina al 3 febbraio.

Il guerriero di latta sopra il ponte

Uno spaccato della storia milanese è corso Buenos Aires, uno dei posti più milanesi di Milano.

Corso Buenos Aires è chiamato anche "la galleria dei poveri".

È la seconda "vasca" di Milano, intendendo per vasca il contenitore all'interno del quale fanno avanti e indietro gli avventori, quando non si ha nulla da fare e per fortuna, allora, si guarda Milano (le sue vetrine).

A piedi, si arriva a corso Buenos Aires dal Duomo, attraversando il "Corso" (Vittorio Emanuele, "la galleria dei ricchi") fino a piazza San Babila e da lì verso corso Venezia (un tempo corso di Porta Orientale, fuga dal centro alla campagna), a fianco dei giardini pubblici, fino a piazza Oberdan dove, ramificato da un susseguirsi di stradine che lo collegano alla stazione Centrale, inizia corso Buenos Aires, che si estende fino a piazzale Loreto, uno dei luoghi più incomprensibili del mondo.

Il sabato e la domenica è difficile camminare per corso Buenos Aires. Arriva gente da tutta la provincia di Milano, e camminano avanti e indietro. Arrivano anche, in buona parte, dal Giappone.

A Milano ci sono i giapponesi e i piccioni, tanti.

Non solo loro, ovviamente.

Però ci sono tanti giapponesi e tanti piccioni che fanno avanti e indietro.

I piccioni volano, i giapponesi corrono.

Le due cose si fondono armonicamente, o provano a farlo, in piazza Duomo. Come in una parodia di piazza San Marco a Venezia, ci sono i venditori di mais che fanno le foto ai turisti che danno da mangiare ai piccioni; nelle foto, generalmente, si vedono corpi abbozzati sotto una quantità incongrua di piccioni svolazzanti. Solo i giapponesi si fanno ritrarre mentre nutrono i piccioni.

È una cultura turistica massimalista.

Quella delle magliette "Sono stato in Italia".

E quindi piazza San Marco a Venezia, il Duomo di Milano la mole Antonelliana piazza del Campo il Colosseo il Vesuvio.

La foto con i piccioni in piazza Duomo.

Sono opere espressionistiche spicciole, inconsapevoli, con la funzione di souvenir massimalisti.

I giapponesi li noti perché sono in gruppi, quasi sempre, e si muovono compatti. Fotografano tutto.

È stato calcolato che chiunque ha un suo ritratto, involontario, in un album di fotografie giapponese.

Un turista giapponese, fotografando tutto, ha fotografato anche te, che del tutto sei parte e sai che di te rimane testimonianza, in un appartamento di Shibuya, ad esempio.

Ma torniamo a corso Buenos Aires.

Come tutto, a Milano, è cambiato in modo spaventoso. Nei primi decenni del Novecento era molto più moderno di adesso. Nei primi decenni del Novecento c'era un entusiasmo incredibile attorno a quelle che Leopardi definiva "le umane sorti e progressive".

C'era anche molta povertà, ma i treni erano una cosa vera, e funzionavano come mai nei secoli precedenti, quando non esistevano. Veri erano i tram (una bellissima immagine d'epoca di un tram milanese nel 1919 si può trovare all'indirizzo Internet http://www.mondotram.it/cartoline_antiche/id39. htm).

La stessa cosa per le automobili.

Ne sfrecciavano poche.

Ma ognuna di esse ti ricordava che eri moderno.

Questa modernità ha avuto inizio con l'Unità d'Italia, e con l'espansione della città a nord-est. Prima, una legge proibiva di costruire case così alte da impedire la vista delle montagne attorno a Milano.

A un certo punto non è stato più possibile rispettare questa legge, le persone erano troppe e alle montagne non ci pensava più nessuno. Ecco allora nascere i palazzoni che oggi *sono* Milano.

Prima dei palazzi, prima del moderno, prima di corso Buenos Aires, c'era uno stradone che portava a Loreto, che era un villaggio di contadini sorto attorno a un convento. Sullo stradone per andare a Loreto c'era il Lazzaretto di cui parla Manzoni nei *Promessi Sposi*.

Era un quadrilatero di 140.000 metri quadri, con al centro una piccola chiesa (esiste ancora, in largo Bellintani) circondato da 288 camerette in cui venivano stipati gli ammalati di peste. Alla fine delle pestilenze, con la Repubblica Cisalpina e l'arrivo di Napoleone, il Lazzaretto divenne un magazzino di viveri e poi un relitto demolito per lasciar posto a corso Buenos Aires.

Un pezzetto del muro esterno del Lazzaretto si può vedere oggi all'interno delle scuole elementari di via San Gregorio.

L'architetto che fu il maggiore responsabile di Buenos Aires si pentì in parte della radicalità del mutamento e fece modellare, nel 1887, le facce dei personaggi dei *Promessi Sposi* sui cornicioni dei palazzi.

Ma erano sinceramente patetiche, e ai milanesi non piacquero affatto.

Corso Buenos Aires era già tutt'altro.

Al n. 1 del corso c'è palazzo Luraschi, una delle prime costruzioni in cemento armato italiane. Otto piani. Negli anni Dieci c'era un ristorante famoso, il Puntigam, che godeva di una stratosferica novità, l'energia elettrica. C'erano palazzi e alberi, ampi spazi e a metà del corso un ponte che lo tagliava in due, un simbolo del nuovo e della sua urgenza, sopra il quale passava il treno del viadotto che sarebbe stato distrutto negli anni Trenta per diventare l'attuale viale Tunisia.

Aveva qualcosa di surreale, quel ponte.

Di violentemente surreale.

Una strada spaccata in due da un treno sopraelevato. Su quel ponte, per decenni, ha troneggiato un guerriero di latta con una caramella irradiante luce dal petto, testimonial della "Catramina Bertelli, sicura contro tosse e influenza". In realtà, Milano era molto più carica di pubblicità settant'anni fa che non oggi. Avevano, le réclame di allora, una consistenza materica, un'imponenza che oggi svapora nell'immaterialità delle pubblicità (di Benetton e Armani). Nessuna di loro resiste invariata decenni. Nessuna di loro dura mesi. Perdura lo spazio, ma l'immagine muta. C'è stato un periodo in cui le merci parevano eterne. All'ombra di quell'eternità, sotto l'occhio vigile del guerriero di latta, sono trascorse due guerre, e l'eternità si è assottigliata fino a svanire.

Nel 1918, a metà di corso Buenos Aires, c'era l'Unione cooperativa carni bovine dove una folla di centinaia di persone si metteva in coda, all'alba, per acquistare la carne congelata.

C'erano negozi di pane e negozi con l'insegna liberty "Pane di lusso".

C'erano parecchie cappellerie (ne resistono due, in tutta la città: una in galleria Vittorio Emanuele, l'altra proprio in corso Buenos Aires, la cappelleria Mulinelli, fondata nel 1888), c'era in zona Caiazzo la prosaica "Scuola pensione Gerolamo Cardano per sordomuti deficienti balbuzienti"...

Oggi ci sono tanti negozi in franchising.

Nulla di caratteristico, ma tante cose da comprare.

I veri templi dello shopping non sono qui (bisogna spostarsi in corso Vittorio Emanuele, in via della Spiga e nella celeberrima via Montenapoleone), ma la successione di vetrine è ininterrotta, tra il caos del traffico e le bancarelle degli emigranti che vendono gli oggetti più inutili. Cover per cellulari, a centinaia; accendini a forma di tutto (ne parleremo più avanti, di accendini e cover) ma innanzitutto incenso, tanto incenso. Ci si scorre veloci (la pressione delle persone che con te passeggiano non ti permette di fermarti troppo, o cammini o entri nei negozi) e ci si abbandona alla girandola di merci che ti invadono e ti chiamano. A Milano, anche se costa tutto carissimo, si possono fare degli ottimi affari.

La passeggiata shopping per corso Buenos Aires finisce in piazzale Loreto, da cui hanno inizio viale Monza e viale Abruzzi.

Piazzale Loreto è uno dei luoghi più incomprensibili d'Italia. Per circumnavigarlo a piedi ci vogliono una ventina di minuti. In macchina, a seconda del traffico, anche di più.

È gigantesco.

In mezzo c'è qualcosa che stanno ricostruendo, coperta da palizzate. Piazzale Loreto è sconsigliato a chi soffre di attacchi di panico.

Sembra progettato da Joyce, o da Ionesco.

All'inizio era uno spiazzo erboso di svincolo sullo stradone che portava a Monza, si chiamava Rondò di Loreto e nel 1815 venne tutto addobbato per l'ingresso solenne dell'imperatore Francesco I.

Nel 1945, sulle traversine di una stazione di servizio che non esiste da più di cinquant'anni, vennero appesi i cadaveri di Benito Mussolini e Claretta Petacci.

E a me, di tutto questo trasformarsi di questo punto vitale di Milano, rimane possente la memoria di quel guerriero di latta sopra un ponte che non c'è più, quando sembrava che tutto sarebbe stato più bello per sempre.

La zona equatoriale di Milano

Da corso Buenos Aires alla stazione Centrale, girando per le stradine che inevitabilmente vi porteranno a uno di questi due poli della metropoli (la rete stradale di Milano è circolare, tende a portarvi all'infinito allo stesso punto), si estende la costellazione dei negozi più strani.

È la zona equatoriale di Milano.

Spesso, in algidi, storici edifici, ci si imbatte in negozi dalle insegne improbabili. La via più caratteristica, in questo centro, è probabilmente via Castaldi, una stradina che interseca via Tadino e dove si trovano, concentrati nel raggio di poche decine di metri, cinque ristoranti stranieri, un bar eritreo e sei piccoli negozi che vendono prodotti africani, dagli alimentari a oggetti di artigianato. E in via Tadino c'è l'Ufficio stranieri del comune di Milano e la sede del Sicet, il sindacato degli inquilini che fornisce consulenze per ottenere un alloggio popolare.

Riporta uno studio della Diocesi di Milano: "La strada è il principale luogo di ritrovo, davanti al portone di casa, negli stabili ad alta densità abitativa di stranieri, all'incrocio fra due vie, davanti al bar o al ristorante, stazionando spesso per strada per ore, non solo per incontrare amici, ma per portare a termine affari, per allacciare nuovi contatti, per trovare alloggio o lavoro. E sono soprattutto i giorni di sabato e domenica quelli in cui il quartiere si vivacizza. Il sabato è il giorno di ritrovo nel quartiere per gli eritrei, i bar e i ristoranti si riempiono, i muri sono tappezzati di volantini che annunciano incontri, concerti, assemblee".

A febbraio dello scorso anno, sulla vetrina di un negozio eritreo, ho visto un cartello che invitava a una marcia per la pace. E il riferimento era alla guerra dell'Eritrea con l'Etiopia. Anche per ricordarci, a Milano centro, che nel mondo non ci sono solo l'Iraq e l'Afghanistan, ma centinaia di altre guerre meno importanti sul piano mediatico ma altrettanto sanguinose e disumane.

È in questa zona, tra corso Buenos Aires e la stazione Centrale, che sorgono la maggior parte dei call-center per telefonare all'estero, punti di aggregazione di molti extracomunitari.

In via Castaldi, ce ne sono tre.

È difficile spiegare cosa sia *davvero* un call-center per stranieri.

È un luogo che ha una forza struggente, elegiaca.

Lo guardi da fuori, ne osservi le vetrine vuote (a volte decorate da oggetti improbabili, "appoggiati lì": un pappagallo impagliato, ad esempio) e i cartelli che promettono di comunicare a cifre convenienti con tutto il pianeta.

Ma allora, pensi, c'è qualcosa di strano, che non funziona!

Noi stiamo già comunicando con tutto il pianeta, sempre!

C'è la Rete.

Ci hanno insegnato che il web dà a tutti la possibilità di sapere cosa stanno facendo tutti, nello stesso esatto momento.

Non è affatto così.

Il call-center per stranieri è la prova di una difficoltà, di uno scarto. La testimonianza che ci sono persone che come noi anni fa non hanno il telefono in casa (altro che Internet) e fanno la coda per comunicare con i propri cari. Persone che non fanno transazioni on line e usano questi negozi anche per spedire a casa loro i soldi guadagnati a Milano.

Nella loro diversità, i call-center per stranieri hanno anche creato misure di repressione politica. Ad esempio a Parma, dove ce ne sono 22, una delibera comunale dell'ottobre 2003 ha chiesto una ristrutturazione completa dei locali, per motivi igienici. Pena la chiusura. Come non-luogo dell'attesa e dell'agnizione del lontano, il call-center per stranieri offre alcuni diversivi. Vi si vende spesso un po' di tutto. Oggetti e libri di tradizioni lontanissime che in questo lembo di città si aggrappano e restano sospese. Ne scaturisce un'immensa vivacità. Passando, è difficile sentire parlare italiano. Passando, vedi le vetrine di negozi che non capisci cosa vendano. Supermercati cinesi, macellerie arabe, negozi di videocassette egiziani, take-away turchi, bar indiani.

Credo sia una delle zone più belle di Milano.

Il contrasto è stridente e, allo stesso tempo, paradossalmente armonico. Che tende a una necessaria, nuovissima armonia.

La durezza dei tempi milanese si mette alla prova con altre concezioni del tempo, altri riti, altre modalità di vita.

Un altro luogo in cui queste realtà convivono è la zona intorno a via Padova, dove troviamo, fino dagli anni Settanta, egiziani, filippini, sudamericani, senegalesi e cinesi.

Finché la doppia anima resiste, prima di essere travolta dall'omologazione, resta qualcosa di magico che è la percezione della varietà del mondo.

Per entrare in questa dimensione bisogna "soggiornarvi" per un po'. Un ora, diciamo, almeno. I luoghi preposti al primo approccio sono i ristoranti.

Prendiamo quelli africani.

In zona Porta Venezia sono una dozzina.

Il più conosciuto è forse l'Asmara, in via Lazzaro Palazzi 5. È decorato sobriamente, alle pareti immagini africane. *Zighinì* di manzo, *kifto* (carne trita cucinata con burro eritreo), *shiro* (carne di ceci speziata), *tumtumo* (lenticchie in umido), *habbaset* (miele e pistacchi) sono alcune delle specialità che si possono degustare, tutte ottime. Ma al di là del cibo è il clima che colpisce. Una perfetta integrazione tra Africa e Italia, l'impressione di essere in una zona franca in cui l'Europa e il continente nero si siano fusi armonicamente.

A poche centinaia di metri dall'Asmara (dall'altra parte di corso Buenos Aires) c'è invece Samson, in via Panfilo Castaldi 42. È il primo ristorante africano aperto a Milano, nel 1978. È piccolo e spartano. Entri e percepisci un'altra dimensione del tempo. Più lenta. È impossibile da descrivere. Va vissuta. Si mangia tutto con le mani, la clientela è sia italiana che africana.

Non ci sarà nessuno che vi farà fretta.

La fretta, nella zona equatoriale di Milano, non esiste.
O meglio, resta sullo sfondo.
Tutto il contrario di quello che succede poco più avanti, in piazza Duca D'Aosta.
Dove c'è una cosa, la stazione Centrale.

Nessuno ma tornano

La stazione Centrale è un altro mondo dentro la metropoli.

La stazione Centrale è il motivo per cui piazza Duca D'Aosta è importante.

La maggior parte delle persone ci transita.

Sono circa 320.000 al giorno, per un totale di oltre 100 milioni all'anno.

Altre persone ci restano. Quelle che ci restano sono l'altro mondo dentro la metropoli.

I poveri.

I pazzi.

Le loro storie.

Quello che è rimasto vedovo e se ne è andato di casa ed è rimasto per sempre in stazione Centrale. Che doveva partire e non è partito mai.

Quello che ha paura. Non si sa di che cosa. Non lo sa. Allora rimane lì.

Quella che si ricorda la storia di tutti quelli che vivono in stazione Centrale, perché è lì da prima di tutti, è la coscienza storica dei senza storia.

Dei senza casa.

Dei senza niente, che forse nessuno ha ritratto con pari efficacia della fotografa Isabella Balena. Parte del suo lavoro lo si può vedere sul sito Internet http://www.associazioni.milano.it/sosstazione/.

Ecco come lo vede, questo esercito di persone che a Milano consumano le loro storie di disperazione e diversità, un anonimo commentatore della stazione Centrale di Milano su un blog (http://www.dooyoo.it/review/385029.html): "La tragedia per un milanese è quella di dover prendere il treno o meglio quella di doversi recare alla stazione Centrale. La paura comincia ad assalirti non appena ci si trova alla fermata della metropolitana rossa 'Loreto' e si deve cambiare per la verde per scendere in 'Centrale FS'. Non appena si esce dalla metropolitana sembra di stare in un altro posto e non fatevi imbrogliare dalla estetica della facciata della stazione... è solo apparenza. È pericoloso recarsi di giorno figuriamoci di notte, il pericolo non si ha solo all'interno della stazione ma anche all'esterno... tutta la zona è infestata da delinquenti, spacciatori, prostitute, barboni non troppo gentili... facili alle coltellate per 1000 lire. Ci sono viali interni dove è meglio non entrare, come del resto anche nei bagni, piuttosto fatevela addosso. La pulizia non esiste e ci sono topi e altri animali strani dappertutto. Naturalmente non esiste neanche qualche forza dell'ordine o se ci sono fanno tutt'altro piuttosto che garantire un po' di sicurezza... Tutti quelli che per forza di cose devono prendere il treno arrivano giusto in tempo per salire, meglio arrivare correndo per il ritardo che dover soggiornare in stazione in attesa del treno".

Non è esattamente così.

La paura è la cifra di questa lettura della realtà.

Che però scarseggia.

Che tende all'irreale.

È la quantità di gente che ci passa veloce a rendere reale la stazione Centrale. E sono forse proprio i senza storia, quelli che ci abitano, che la vivono di notte, quel breve lasso di tempo tra l'ultimo treno notturno e il primo del mattino, un momento infinitesimale, che ne possono vedere l'altro lato.

La sua irrealtà.

Che c'è.

Progettata nel 1906, come modello di arte Déco, è stata realizzata solo vent'anni dopo, trasformandosi in un inconsulto, oscuramente suggestivo omaggio al periodo storico che l'Italia attraversava a metà degli anni Venti.

Diceva il grande poeta Rainer Maria Rilke che "il bello non è che il tremendo al suo inizio". La stazione Centrale è tremenda. È la più grande apoteosi dello stile monumentale fascista. Massimalismo allo stato puro. Monumentale uguale egiziano uguale molto grande uguale stazione Centrale.

Sembra una tartaruga di cemento.

Una sfinge quadrata.

Imbottita di persone e treni.

E lamiere.

Strutture in plastica.

Chioschi.

Non lo so cosa sembra.

Soprattutto mi ricorda il personaggio di un film, la Tartaruga Millenaria di *La storia infinita*.

La Tartaruga Millenaria era un colosso immenso sotto il cui carapace c'era un essere che dormiva da millenni. Ogni tanti secoli si risveglia e proietta il suo volto rugoso verso l'esterno.

Poi si richiude e continua a dormire.

La stazione Centrale sembra tante cose.

Ma può anche sembrare bella. Bisogna avere il tempo e la pazienza di guardarla nei dettagli.

Certe vertigini scendendo dalle scale mobili, il soffitto lontanissimo e prima, dove l'occhio del passeggero non posa mai, una miriade di facce di cemento, di fasci littori, aquile e simboli di cui nessuno può accorgersi facendo la coda per andare a comperare il biglietto.

E poi. Il suo lato oscuro.

Le fondamenta.

Quello che sta dentro (dietro) quello che noi vediamo della stazione Centrale. Bisogna costeggiarla dal lato sinistro, guardarne le successioni di cancelli arrugginiti. È in uno di questi che si ritirano le macchine che viaggiano in treno. Andare a ritirarne una è l'occasione per carpire qualcosa dei segreti della stazione Centrale vista dall'interno.

Nei suoi meati.

Nella sua pancia.

Androni oscuri e polverosi dove nessuno ci passa da anni. Uffici chiusi da sempre, sepolti in sottoscala. Macchine abbandonate da anni, che concretamente "muoiono". Pezzi di automobili fuori produzione. Pezzi di camion. Squarci di luce nel buio che sollevano polvere e pagine di giornali quotidiani di trenta anni fa. Rumori lontani. Lo sferragliare dei binari sopra, del traffico attorno. Dipendenti che camminano a fianco di locali di cui ci si è dimenticati l'esistenza.

Tutto questo esiste e non è un libro di Stephen King o una modernizzazione di certe atmosfere dei romanzi di Kafka.

Mi viene in mente, ancora, una poesia di Milo De Angelis,

apparentemente astratta e surreale, de-mente ma precisa nel descrivere l'altro lato di Milano:

Nessuno ma tornano (I)

In fondo al sottoscala ci sono ossa di animali,
toccate una per volta. Noi ci svegliamo
sopra uno sgabello e sappiamo con certezza
di vivere: nel finimondo rimane questa bocca,
questa stagione cava che ha spille di carnevale
e slancio di dolore, mentre gli ascensori
continuano, come giaculatorie. Piove forte.
Tutto il drappello si sbriglia
Tra una panetteria e l'altra, bersagliato dai sassi.

È il cuore di Milano, che pulsa nel sottoscala.
Arrugginito nero.

Comunque, ovviamente, anche la stazione Centrale cambierà. È in progetto una ristrutturazione totale, che durerà tre anni.

È al mattino presto, d'inverno, quando i drappelli dei viaggiatori si muovono a migliaia che Milano rivela tutta la sua energia.

Nella nebbia, nell'opacità del paesaggio il ritmo della metropoli diventa musica.

Nella frenesia compatta di chi prende il cappuccino al bar.

Un rito che si ripete uguale per migliaia di persone.

Un ritmo.

Una sorta di cerimonia collettiva.

Ancora, ghiacciate nel tempo, “le umani sorte e progressive”.

O più realisticamente, il tran-tran del lavoro.

Ma c’è, in questa ritualità di massa, da film di Godfrey Reggio, da flusso migratorio scandito da uno scacco, quello della civiltà nostra al suo massimo livello di isterismo normalizzato, qualcosa di sublime.

Gli storici, un giorno, a distanza di anni, lo studieranno.

“Il bello – diceva Rilke – non è che il tremendo al suo inizio”...

Una Madonnina segreta

L'altro idolo (in senso architettonico) di piazza Duca D'Aosta è il Pirellone.

I giapponesi quando lo vedono fanno la ola.

A Tokyo c'è di molto meglio.

Ma sulla guida turistica giapponese c'è scritto che bisogna fare la ola e loro la fanno quando vedono il Pirellone.

Il nome originario è palazzo Pirelli, ma considerato che è molto alto, lo si è sempre chiamato Pirellone.

Io ho un amico che si chiama Michelone.

Però il suo nome non è Michele, e lui non è particolarmente alto. Si chiama Guido Michelone.

Michelone è il cognome vero.

Michelone ha scritto tanti libri.

Sui Beatles, sui Simpson.

Ma non ha mai parlato né di Milano né del Pirellone.

Il Pirellone sta lì, sulla sinistra della stazione.

È alto 127 metri.

Ha dieci ascensori e trenta piani.

È l'edificio più alto d'Italia.

Il suo nome (palazzo Pirelli, non Pirellone, lo abbiamo già spiegato perché si chiama così) è dovuto al fatto che venne progettato tra il 1955 e il 1960 per sostituire gli uffici della società Pirelli, che stava in via Galvani.

A dire il vero, è bello.

Slanciato, imponente.

Lo scrittore Bianciardi lo aveva definito "una fiaba in verticale".

Inoltre, il Pirellone è detentore di un importante primato.

Durante il fascismo c'era una legge che proibiva di costruire edifici che superassero in altezza la Madonnina del Duomo. La Madonnina è il simbolo della città e non può essere superato. Fa un po' ridere. Come quando in televisione il presentatore rifiuta al suo fianco vallette più alte di lui, per non fare brutta figura.

La Madonnina è posta all'altezza di 108,5 metri.

Il Pirellone la supera quindi di un bel po'.

Il cardinale Montini (che diverrà poi papa Paolo VI) decide che la cosa non è affatto bella né rispettosa della Madonna e fa mettere, senza che alla notizia venga dato alcun risalto, un'altra Madonnina in cima al Pirellone. Poi tutti se ne dimenticano e la Madonnina del Pirellone viene riscoperta a metà degli anni Novanta.

Il Pirellone ha fan in tutto il mondo.

A lui si sono ispirati, negli Stati Uniti, per progettare il grattacielo Pan Am, uno dei più celebri del mondo.

Però, a un primo sguardo, ma anche a un secondo, a chi non è proprio ben addentrato alle vicende dell'architettura e dell'urbanistica sfugge un po', tutta questa bellezza. Anche se in effetti è bello dicevamo.

Leggo su un manuale di architettura che Ponti (il principale architetto che l'ha progettato) "ha saputo dare alla costruzione insolita eleganza e dinamicità, grazie allo sviluppo su pianta rastremata e non rettangolare come di consueto". Leggo su un vocabolario che "rastremata" deriva da "rastremare", detto di "colonne che si restringono verso l'alto".

In effetti, le colonne del Pirellone si restringono appunto verso l'alto, e a questo punto anche un profano nota che grazie a questo accorgimento l'edificio ne acquista in snellezza. Con la vicina stazione Centrale c'entra come i cavoli a merenda.

Da questo punto di vista (per l'affastellamento caotico di stili) Milano sembra spesso una di quelle botteghe di paese dove sullo scaffale delle Barbie trovi le cartucce per le stampanti del computer e i giornali di caccia e pesca, i libri allegati ai giornali quotidiani e le stringhe di liquirizia.

Diciamo che c'è una certa confusione, ma è anche il suo fascino.

Attualmente, il Pirellone è sede del consiglio regionale della Lombardia. Ed è recentemente diventato famoso più di quanto non lo era prima per essere stato protagonista di un caso involontario di trash apocalittico, e che coinvolge i drammatici fatti dell'11 settembre 2001.

Ora, per capire bene cosa è successo bisogna avere chiara la nozione di trash, e quale sia il suo aspetto apocalittico. Tommaso Labranca, il filosofo milanese (più esattamente di Pantigliate, alla periferia della metropoli), ci insegna che il trash è "l'emulazione fallita di un modello alto". Per fare un esempio che a tutti dovrebbe apparire immediatamente famigliare, Little Tony è il trash di Elvis Presley, così come tutte le "creme spalmabili al cioccolato" non sono altro che il trash della

Nutella. Nella dimensione apocalittica, le cose funzionano allo stesso modo.

Veniamo all'apocalittico. Dice Jean Baudrillard, il filosofo francese (che di apocalissi se ne intende): "Di eventi mondiali, ne abbiamo avuti tanti, dalla morte di Diana ai Mondiali di calcio – come di eventi violenti e reali, guerre e genocidi. E invece di eventi simbolici di portata mondiale [...] neppure uno. Per tutta la stagnazione degli anni Novanta, abbiamo avuto 'lo sciopero degli eventi'. Ebbene, quello sciopero è terminato. Gli eventi hanno smesso di scioperare. E ci troviamo di fronte, con gli attentati di New York e del World Trade Center, all'evento assoluto, alla madre di tutti gli eventi, all'evento puro che racchiude in sé tutti gli eventi che non hanno avuto luogo". Insomma, dice in sintesi Baudrillard, l'11 settembre ci siamo spaventati tutti molto, moltissimo, e quello spavento aveva e ha un valore simbolico, che ancora ci investe ed ha avuto luogo a New York. New York è la città simbolo dell'Occidente. Le Torri Gemelle, oggi fantasmi di un atto folle che ha cambiato per sempre la Terra, nella desolazione di Ground Zero, erano simbolo di quella città. Ma Milano, a suo modo, che era ed è simbolo di un certo Occidente, più europeo, più piccolo, energico efficiente...

Che cosa ha fatto il signor Fasulo

Alle sei del pomeriggio del 18 aprile 2002 un aereo da turismo si è schiantato contro il Pirellone. L'impatto si è avvertito in grande parte della metropoli lombarda. Nei minuti immediatamente successivi, silenzi attoniti, rumori di sirene e le prime voci. C'era stato un attentato aereo contro il Pirellone.

Ma non si sa.

Non si capisce bene.

C'è chi parla di un elicottero caduto in piazza Duca D'Aosta.

Chi ha sentito dire che è esplosa una bomba.

E poi il fumo, nero, denso.

Le linee del metrò chiuse.

I telefoni saltati.

Sembrava una matrioska concettuale dell'orrore.

A New York le Twin Towers (fuori, nel mondo), a Milano (dentro, nella città più piccola, più apparentemente difesa da "valori simbolici") il Pirellone. E poi chi sa, a Cazzago Brabbia il campanile della chiesa. Era una sensazione strana. Il tragico si mescolava al comico. Un comico inenarrabile. Il trash apocalittico, insomma. Subito il susseguirsi delle prime dichiarazioni dei politici. Il presidente del senato Marcello Pera che allerta tutti su un possibile attentato di matrice terroristica (come a New York, quindi), subito però smentito dal ministro degli Interni che parlava invece di incidente.

Lo spettacolo, per chi, come chi scrive, lo ha visto, era terribile.

Il palazzo squarciato, in fiamme.

Vetri.

Lamiere. Pezzi di metallo (di palazzo, di aereo?) in mezzo alla strada. E poi i morti, quattro. E l'amaro sospiro quando si è saputo con certezza che nessun "evento puro", alla Baudrillard, era avvenuto.

Un incidente.

Ecco la dinamica dei fatti che, ormai, fanno parte della storia recente di Milano. E che restano un mistero. Alle 17.15, Luigi Fasulo, pilota d'aerei con diversi anni di volo alle spalle, decolla da Locarno. Da lì doveva dirigersi verso l'aeroporto di Linate. Invece fa tutta un'altra cosa. Procede in senso inverso e attraversa a bassissima quota corso Buenos Aires. Lancia un SOS. Il motore è in avaria. A un certo punto l'aereo prende fuoco. E finisce il suo viaggio contro il Pirellone.

Il venticinquesimo piano è completamente sventrato.

Il ventitreesimo e il ventiquattresimo sono a pezzi.

Si teme che il palazzo possa crollare.

Come quegli altri due, quelli dell'altro fatto.

Quello "simbolico".

In serata, i vigili del fuoco stabiliranno che il palazzo non rischia di cadere.

Restano, il giorno dopo, i morti.

Le macerie.
La ricostruzione.

E questo signor Fasulo.
Con il sole in faccia (il sole in faccia è la cifra dell'assurdo, è il sole in faccia a far commettere al protagonista dello *Straniero* di Camus un omicidio insensato), l'aereo in avaria e il palazzo più alto di Milano ("la fiaba in verticale" di Bianciardi) davanti.
Poverino.

Comunque, in piazza Duca D'Aosta, a Milano, a pochi metri l'uno dall'altro, ci sono anche due McDonald's.

McMilano's

Dicevamo, in piazza Duca D'Aosta ci sono due McDonald's.

Abbastanza identici essendo entrambi appunto dei McDonald's. Ho sempre trovato esaltante questa rassicurante uniformazione del paesaggio.

Se Milano, come Axolotl, muta in continuazione, è possibile trovare attraverso di essa dei varchi di immutabilità, dei punti che ci ricostruiscono un paesaggio mentale prima che urbano uguale a se stesso.

McDonald's, per quanto gli antiglobal possano motivatamente biasimarlo, è un pilastro del nostro pensiero. In Occidente, un punto di riferimento. Un po' come la T su sfondo blu per i tabagisti, ma solo italiani, indica un approdo sicuro. Andy Wharol lo aveva intuito e detto cinquant'anni fa, e anche se il colosso dell'alimentazione veloce è in un evidente momento di difficoltà, è impossibile ignorarlo. Tanto vale conoscerlo bene.

La storia di McDonald's inizia a Pasadena, in California, dove nel 1937 i fratelli Richard e Maurice McDonald aprono un ristorante drive-in per gli automobilisti di passaggio.

Il ristorante ha successo.

Nel 1940 i due fratelli aprono un più ampio drive-in a San Bernardino, a 80 km da Los Angeles.

Il motivo del successo è nella semplicità fulminante dell'impresa: il menù era ridotto a pochissimi alimenti, il che permetteva di accelerare i tempi di preparazione dei cibi, e il servizio era rapido, estremamente organizzato.

Nel 1954 un cinquantenne ex venditore di frullatori, Ray Kroc, si entusiasma del metodo di lavoro dei fratelli McDonald, lo "clona" e apre, l'anno seguente a Des Plaines, nell'Illinois, il primo ristorante della catena.

Ray Kroc era un pazzo.

Un mistico delle patatine fritte.

Nella sua voluminosa agiografia, tradotta in italiano con il titolo *Sotto gli archi*, si racconta che faceva raid improvvisi nei vari McDonald's e se trovava una patatina cucinata male licenziava subito il responsabile di tale delitto.

La cosa funzionava.

Nel 1961, superata con successo l'apertura del centesimo fast food, Kroc rileva per 2.700.000 dollari le quote dei fratelli McDonald e diventa l'unico proprietario dell'azienda. I fratelli McDonald furono quindi liquidati e di loro rimane solo il nome e il ricordo pionieristico della multinazionale del panino.

Questi sono i principi della filosofia McDonald's, molto milanesi:

1) L'efficienza. Menù semplici, dove è impossibile sbagliare ordinazione o perdere tempo cercando inesistenti personalizzazioni, confezionati in modo semplice e ancora più facile da servire e consumare (gli hamburgher si mangiano in mano, con rapidità, senza bisogno di posate o stoviglie).

2) La calcolabilità, poi, che concentra l'attenzione sugli

aspetti quantitativi (numero, dimensioni, tempo) a scapito di quelli qualitativi. Come diceva il grande banchiere Cuccia, uno dei simboli della "serietà lavorativa" di Milano, "tutto si misura e si traduce in soldi". La calcolabilità fa parte del sistema produttivo ed ideologico di McDonald's quanto della città di Milano intesa come organismo di produzione, quale essenzialmente è. McDonald's arriva a dettare, con precise direttive da seguire in tutto il mondo, le misure dell'hamburgher (1,6 once di peso; 3,875 pollici di diametro), del panino (3,5 pollici di diametro) e delle patatine (che devono avere uno spessore di 9/32 di pollice)...

3) La prevedibilità: i prodotti sono sempre gli stessi, nel tempo (a Natale come a Ferragosto) e soprattutto nello spazio (a Roma come a New York come a Tokyo). Una rassicurazione per i turisti. Un po' come i villaggi Valtur, che se vai in Egitto c'è sì l'Egitto ma ti senti in Brianza.

A McDonald's è associato, impropriamente, uno dei simboli dell'unica moda giovanile "milanese" che, negli ultimi trent'anni, ha realmente attecchito in tutto il mondo. Si tratta del "paninaresimo", simbolo dell'universo di valori degli anni Ottanta dello scorso secolo diffuso poi su scala planetaria dal gruppo inglese Pet Shop Boys con la loro hit *Paninaro*.

In realtà, il nome deriva da un bar vicino a piazza San Babila, dove si ritrovavano ragazzi e ragazze uniformati da un look che ha fatto epoca.

I maschi con camicie e pantaloni Armani da cui rigorosamente fuoriuscivano i boxer, unico capo intimo consentito, calze Burlington e scarpe Timberland.

Le ragazze, con capi Naj Oleari, accessori Mandarina Duck e Fiorucci.

I paninari milanesi, come quelli che in seguito li hanno imitati un po' in tutto il mondo, frequentavano allora Burghy e Wendy, divorati poi, nel tempo e nella memoria, da McDonald's, che li ha sostituiti inglobandoli.

Erano anni in cui Milano si divideva in zone frequentate da gruppi molto chiusi, vistosamente acconciati a seconda della tribù di appartenenza. C'erano i "cina" (comunisti), spesso variegati rimasugli degli "indiani metropolitani" che avevano animato la Milano dei due decenni precedenti (l'università Cattolica di Milano è stata uno dei punti più caldi ai tempi del Settantotto, come anche la Statale, mentre in tutti gli anni Settanta il centro della città è stato teatro di violenti scontri tra manifestanti e forze dell'ordine), i "dark", seguaci di gruppi depressi come Joy Division e Cure, i "metallari", borchiati e rudi, e altri vari sottogruppi, ad esempio i new-wave, una versione leggermente più solare dei dark, fondamentalmente dei dandy aggiornati alle istanze d'immagine di Mtv e del suo influsso massiccio sull'immaginario dei più giovani.

In tutto questo panorama, i fast-food (quello di piazza San Babila innanzitutto, ma anche quelli di Cordusio e piazza Duomo) fungevano da centro di aggregazione mirato ad un'esclusività paradossale. Quella dei paninari era una moda "da ricchi" ma assolutamente essenziale, pratica. In realtà "quasi" (e su quel quasi sono nati molti drammi: negli anni Ottanta, a Milano, ci si accoltellava, per un paio di Timberland) alla portata di tutti.

L'emblema di un nuovo snobismo di massa.

Oggi i paninari non ci sono più, ma McDonald's sopravvive.

Milano è la città con più McDonald's d'Italia, e questo è già un motivo sufficiente per visitarla almeno una volta nella vita.

A Milano i ristoranti McDonald's sono una quarantina.

Visitarli tutti può essere una bellissima esperienza e un modo per cogliere un certo aspetto della milanesità per nulla secondario.

I turisti frettolosi che vogliono incontrare gli altri turisti frettolosi possono fare tutto questo nei McDonald's di Milano.

Da McDonald's si mangia alla milanese, non nel senso della cucina ma della modalità dell'assunzione del cibo.

Di corsa.

A Milano, anche negli altri ristoranti si mangia di corsa, ma lì gli orari sono ferrei. A pranzo, o come più frequentemente si dice, a colazione, l'orario consentito è dalle dodici alle quattordici e trenta.

Poi bisogna andarsene. Ve lo dicono proprio, bisogna andare a lavorare. Tutto questo è molto milanese e può piacere o non piacere.

Da McDonald's vai invece all'orario che preferisci ed è per questo che ci si incontrano personaggi originali.

I McDonald's milanesi, lungi dall'essere tutti uguali come potrebbe sembrare ad uno sguardo molto superficiale, sono tutti diversi. Ciascuno esprime una propria personalità che poi altro non è che la cifra del luogo dove si trova assurta a simbolo delle beneamata globalizzazione.

E il McDonald's di viale Certosa è il più americano di tutti, astratto e veloce, dentro la città ma proiettato all'esterno, bellissimo di notte con le sue geometrie sfuggenti e algide, tra il cemento della metropoli e una natura che inizia a esistere insistente, miracolosa. Un improbabile quanto riuscito compromesso tra la Route 66 e il vicino Gallaratese.

Il McDonald's di piazzale Lotto, uno degli ultimi a chiudere, svetta al centro di una convergenza di strade da cui la città si sdipana. È un Mc di passaggio, rigidamente diviso tra la zona esterna, sotto un tendone verde e la struttura in plastica, e il piccolo locale interno, su due piani, molto famigliare, raccolto nel suo essere meta di avventori notturni, di passaggio.

Tutto il contrario dell'imponente McDonald's di piazza Cordusio, in faccia al palazzo delle Poste, uno dei palazzi più belli di Milano. Il Mc di Cordusio ha avuto per anni la peculiarità di essere simmetrico a un altro Mc, posto dall'altra parte della piazza, avanzo della trasformazione di un vecchio Burghy in McDonald's prima e in centro per la telefonia mobile oggi. È spazioso e proiettato al centro del più grosso snodo della Milano degli affari, tra piazza Cairoli e piazza Duomo, quasi ritmicamente legato al successivo Mc di piazza Duomo, la cui entrata posteriore è in piazza Mercanti, in una specie di armonica sintesi allucinatoria postmoderna tra la permanenza di una Milano di altri tempi e l'attuale velocissima metropoli dall'identità cangiante sempre.

Nel McDonald's di galleria Vittorio Emanuele c'è una signora anziana, truccatissima, che è sempre lì.

Ci sono gli anziani che passano il loro tempo prendendosi un caffè e rimanendo poi lì seduti a guardare gli altri che mangiano. È un McDonald's strano, unico del genere, prossimo negli arredi più a uno Spizzico, versione aeroporto.

Gli anziani, a Milano, oggi, passano il loro tempo nei centri commerciali.

Intervallo numero uno. “De magnalibus Mediolani”

Facciamo un salto indietro di ottocento anni, otto secoli prima che McDonald’s invadesse Milano, prima che il signor Fasulo si schiantasse contro il Pirellone.

Bonvesin de la Riva era un maestro di grammatica nato verso la metà del Duecento e morto nel 1313. Si chiamava così perché “la riva” era la ripa di Porta Ticinese, il quartiere di Milano dove abitava e insegnava.

Bonvesin lo si studia, a volte, nelle scuole superiori e se ne cita la sua vividissima descrizione dell’inferno, un luogo puzzolentissimo dove i diavoli mestolano nei pentoloni i peccatori e se li mangiano.

Ma oltre a questa visionaria descrizione pulp del tenebroso aldilà, Bonvesin de la Riva ci ha consegnato un’opera fondamentale per farci un’idea di come vedesse Milano un erudito di ottocento anni fa: il *De magnalibus Mediolani* (Le meraviglie di Milano), che riassumeremo qui in parte.

Milano, ci racconta Bonvesin, è una città meravigliosa, ma i milanesi (già allora) hanno troppa fretta e non se ne accorgono. Milano è la città più bella d’Italia. È come il Sole tra i corpi celesti. Secondo Bonvesin, questo dimostra che il papa dovrebbe stare a Milano, e non a Roma, perché Milano è più importante di Roma.

Roma è un grande pianeta.
Milano è una stella.
La più grande.

Così diceva Bonvesin.
Perché?
Perché non ha paludi fetide e schifose, ma limpidi fiumi, e acque molto buone da bere, saporite e leggere.
Le acque di Milano sono meglio del vino.
Bonvesin era fissato, con l'acqua. Ma a quei tempi era normale, perché le reti idriche erano messe malissimo.
Il clima, dice poi Bonvesin, a Milano, è temperato tutto l'anno, e fino a mezzanotte non fa mai freddo.
A Milano, le persone muoiono molto vecchie.

Le strade sono larghe.
I palazzi sono belli.
Le case sono numerose e tutte attaccate.
Le case sono circa dodicimilacinquecento.
La città è rotonda, e al centro c'è una corte con un bellissimo palazzo.
La città è cinta di mura e ha sei porte. Ogni porta ha due torri. Ci sono duecento chiese e quattrocentottanta altari. Ci sono centoventi campanili e duecento campane. Chi sale sulla torre del palazzo al centro della città vede dei bellissimi paesi, tra i quali Monza. Oltre a Monza ci sono altri centocinquanta paesi che circondano Milano, e sono tutti belli.
Ci sono tante cascine, fiumi, eremi, frutteti.

Chi visita Milano e i suoi dintorni, dice Bonvesin, "anche girando il mondo intero non troverà mai un simile paradiso di delizie".

I milanesi maschi e femmine sorridono sempre e non ingannano.

Vivono con decoro e si vestono bene.

Sono molto religiosi.

La popolazione si espande in continuazione, perché l'acqua è buona.

I malati possono andare negli ospedali, che in città sono dieci e in periferia quindici. Tutti i malati poveri vengono curati gratis.

Ci sono quattrocento frati che vivono di elemosina.

Diecimila preti.

Centoventi giudici.

Millecinquecento notai.

Sei trombettieri.

Ventotto medici.

Centocinquanta chirurghi.

Otto professori di grammatica.

Centocinquanta cantanti.

Settanta maestri.

Seicento fornai.

Mille mercanti.

Quattrocentocinquanta macellai.

Quattrocento pescatori.

Trenta fabbricanti di campanelle per cavallo.

Cento nobili che vanno a caccia di falconi.

Più di cento fabbricanti di corazze per soldati.

Duemila morti sepolti in tombe di marmo o di selce.

Milano, continua Bonvesin, produce ceci, fagioli, grano, segale, miglio, lenticchie, rape, ciliegie aspre, ciliegie dolci, prugne bianche, prugne rossicce, fichi grossi e nocciole piccole adatte alle donne, pesche, pere, pomodori, castagne, bietole, lattuga, sedano, prezzemolo, finocchio, zucche, trifogli, viole, rose.

Ci sono buoi, pecore, capre, cavalli, muli, asini.

Alberi, fave, olio, pane, vino, carne, galline, pavoni, fagiani, cani, allodole, merli, arieti, anatre, miele, ricotte, latte, gamberi, pesci grossi appetitosi, lino, seta, pepe, sale.

Quattro volte all'anno ci sono i mercati generali.

Due volte alla settimana i mercati di rione.

Nessuno sta mai fermo.

C'è tanto da fare.

Gli uomini corrono di qua e di là.

Le donne sposate corrono di qua e di là.

Le donne vergini corrono di qua e di là.

I fanciulli corrono di qua e di là.

La città è piena di corpi di santi e beati martoriati custoditi nelle chiese.

La città è stata fondata dai Galli, nel Cinquecentodue avanti Cristo.

Viene assalita molte volte ma resiste.

Nel Quattrocentocinquanta viene assalita da Attila e viene distrutta.

Viene ricostruita (1).

Viene di nuovo distrutta nel Quattrocentosessantacinque.

Viene ricostruita (2).

Viene di nuovo distrutta nel Quattrocentosettantanove.
Viene ricostruita (3).
Viene di nuovo distrutta nel Settecentosei.
Viene ricostruita (4).
Viene di nuovo distrutta nel Milleuno.
Viene ricostruita (5).
Viene distrutta nel Millecentosettantasei.
Viene ricostruita (6).
E così via.

Intorno al Milleduecento in città c'era un uomo, Uberto della Croce, che salendo le scale era in grado di portare in braccio due asini, mangiava come quattro uomini, almeno trentadue uova alla volta, ed ebbe una figlia che quando saliva le scale era in grado di portare un otre di due quintali di vino.

C'era un beato, Calimero, che fu prima accecato, poi flagellato, poi condannato all'esilio, poi buttato in un pozzo con i piedi in alto.

C'era un uomo, Guglielmo della Pusterla, che superava tutte le persone del mondo per la sua saggezza, e intuiva di tutto. Questo, ci racconta Bonvesin, c'era a Milano intorno al Milleduecento.

Le mura delle città sono dipinte, e anche le porte.

Ci sono scudi bianchi con leoni dipinti in nero, quadrati bianchi e rossi, bisce che trangugiano saraceni rossi.

Quando Milano va in guerra, viene esibito un carro, il "carroccio", tutto rosso e trainato da tre buoi particolarmente belli, vestiti di panni candidi con una croce rossa. Nel centro del carroccio c'è un'antenna, e sulla punta dell'antenna c'è una croce di bronzo. In cima all'antenna c'è una bandiera con una croce rossa. Quando passa il carroccio, i sei trombettieri milanesi gli stanno dietro a cavallo, e suonano musiche che rendono i milanesi bellicosi e fieri.

Milano, è sempre stata una città che ha fatto tutto quello che ha potuto per difendere la Chiesa cattolica. Milano, dice Bonvesin, è la città più cattolica del mondo, molto più di Roma, e ha infatti patito fame, sete, freddo, caldo, fatiche disumane, veglie, morti, ferite, lacrime, pianti, distruzioni, catture, prigionie, torture, spese, miseria, fughe, incendi e devastazioni per la propria fede.

I milanesi pregano tutti.

Vorrebbero avere molte reliquie da adorare, quelle che hanno le adorano, ma sono poche per duecentocinquantamila milanesi, ne vogliono di più.

I milanesi, amano la libertà.

Ogni volta che è arrivato un tiranno lo hanno scacciato anche grazie all'intervento di sant'Ambrogio, patrono di Milano, che ha sempre consigliato bene i milanesi sul comportamento politico migliore. Grazie a questa specialità, ricorda Bonvesin, a Milano si sono stabiliti molti imperatori romani prima e cattolici poi, e sempre per questo diversi imperatori sono morti a Milano e non altrove. In questo modo, gli imperatori, quando devono farsi incoronare, preferiscono farsi incoronare a Milano.

Roma è capitale d'Italia e della Chiesa per sbaglio.

Bonvesin dice che l'apostolo Barnaba, quattro anni prima che Pietro diventasse papa di Roma, venne eletto vescovo di

Milano, e quindi, per cronologia, Milano viene prima di Roma e dovrebbe essere città santa. Anche perché a Milano c'è stato sant'Ambrogio, dodicesimo archipontefice, patrono della città, superiore a tutti in nobiltà e in virtù a chiunque. Ambrogio compilò il codice ambrosiano, quello milanese appunto, ventidue anni prima di quello romano e quindi a maggior ragione, per ulteriori motivi cronologici, Milano dovrebbe prevalere su Roma. Questa sezione del libro è una delle più oscure e affascinanti. Una sorta di protoleghismo cattolico che anticipa, in forme diverse, una propensione, divenuta movimento politico organizzato negli anni Ottanta dello scorso secolo, a rivendicare Milano come città superiore a tutte le altre. Nel leghismo dello scorso secolo le motivazioni diventano però non più religiose ma economiche.

Comunque, chiude Bonvesin, Milano è una città meravigliosa per sei motivi inconfutabili, e li elenca così alla fine del suo trattato:

1) Nessuno al mondo può affermare a ragion veduta che l'acqua di Milano non è buonissima e particolarmente adatta all'agricoltura.

2) In nessuna città come Milano c'è un così alto numero di religiosi che si segnalano per onestà.

3) Solo a Milano ci sono dei giudici sapienti e imparziali in una quantità così rilevante.

4) A Milano c'è un rito religioso e un carnevale diverso rispetto a tutte le altre città italiane, Roma compresa e specialmente.

5) I vescovi, a Milano, sono eccezionali.

6) Pur essendo stata distrutta in continuazione, si è sempre ricostruita proclamando la propria fedeltà alla Chiesa.

I difetti, invece, sono due:

1) Milano viene troppo spesso invasa e distrutta dai barbari, e poi bisogna ricostruirla da capo.

2) Non c'è un porto che permetta ai milanesi di arrivare direttamente al mare, o un sistema per congiungere i Navigli con il mar ligure.

Milano, lamenta infine Bonvesin, è poco visitata dai turisti. Ma questo, afferma lo studioso, perché a Milano si lavora e prega, e non si sta a naso all'aria a vedere i palazzi.

Così, nel 1288.

Meno di cent'anni prima che Milano celebrasse la propria grandezza iniziando a costruire il Duomo.

È un paradiso (ricognizione sui centri commerciali di Milano e immediati paraggi)

In uno dei più bei libri sulle condizioni del lavoro nell'Italia contemporanea, *Stress Economy* di Alessandro e Renato Gilioli, si racconta la storia di un anziano milanese che tutti i giorni si reca a un centro commerciale.

È la storia di Luigi M. che ogni giorno va al centro commerciale Metrox. Ci va in pullman. Poi fa mezz'ora a piedi.

Dove c'è il centro commerciale Metrox c'era la fabbrica in cui Luigi M. ha lavorato tutta la vita.

La fabbrica è stata abbattuta.

Al suo posto hanno costruito Metrox.

E così Luigi M. trova, al posto del luogo in cui per anni ha lavorato, un inferno di altri tempi ormai passati, quello che ora è diventato il paradiso dove spendere.

I propri soldi e le illusioni.

Adesso.

Il centro commerciale è il vero paradiso della contemporaneità.

Quella che i Greci chiamavano l'agorà, la piazza in cui loro, i Greci, filosofavano. E dove noi compriamo.

Una piazza modernissima, un tempio che si accende di luci e oggetti del desiderio (quasi) alla portata di tutti.

A Milano, i centri commerciali veri e propri sono pochi. In provincia, svariati. In tutto, circa una trentina.

Hanno un'importanza fondamentale nella vita della città.

Ne delineano, al margine, il sogno.

Come delle mecche in cui adorare, e praticare, il consumismo.

Prima che il ritmo vero della città, la sua concretezza, ne cancellino la poesia periferica, imbottita come un uovo di merci che sono un poema di prodotti che aspettano golosi di essere consumati dallo sguardo e dall'acquisto.

Il più mastodontico e a detta di chi scrive il più bello dell'hinterland di Milano è Metropoli, a Novate Milanese, dietro la fermata del treno di Quarto Oggiaro e quindi letteralmente a due passi da Milano.

Metropoli *è* il centro commerciale.

È degno del celeberrimo Bluewater, alla periferia di Londra, di cui costituisce il possente omologo italico.

Metropoli, come il film di Fritz Lang di cui evoca il nome, è un condensato dell'*idea* di città. Si staglia altissimo e possente al centro di un paesaggio più urbano del cuore stesso della capitale del Nord, dove si fanno fitti i palazzoni popolari e alle spalle si snoda la campagna, quello che ne rimane. Entrarci in macchina, parcheggiare dopo spericolate manovre all'ultimo piano per poi discendere in ascensore fino al pian terreno, dove trionfa una fontana luminosa in mezzo alla quale le scale mobili trasportano incessantemente clienti festosi indaffarati frettolosi curiosi è alienante quel tanto che basta per capire, una volta per tutte, cosa è, una città.

Non Milano, ma la città in astratto.

La metropoli, appunto.

Un mondo in cui al posto delle case in cui le persone vivono ci sono negozi in cui le persone vendono e comprano.

Un mondo in cui si va non per andare ma per passare, come una televisione che ti contiene, come in un acquario in cui le immagini, riflesse sul bordo della vasca, sono il riflesso distorto delle nostre immagini e dei nostri desideri.

Al centro di Metropoli, al piano terreno, c'è l'Ipercoop, come nella maggior parte dei centri commerciali di Milano.

L'Ipercoop è rassicurante.

Come dice lo slogan, "la Coop sei tu, chi può darti di più".

La risposta è "l'Ipercoop".

L'Ipercoop ti dà di più di te stesso.

Ti supera.

L'Ipercoop è un iper tu, un iper io, un iper noi.

Comunque, più grande.

Misterioso e rassicurante.

A Metropoli, aggirate al pian terreno le fontane e le scale mobili che conducono a più piccole attività, l'Ipercoop si snoda in tutta la sua possente realtà.

Sono le viscere (dove si consumano, nel rito del mercato, gli alimenti) della metropoli.

Da fuori, all'opposto, nell'evidenza dell'esteriorità, l'insegna blu domina il paesaggio; il nome, nella notte, diventa simbolo della città che inizia, ne rappresenta la seduzione corporea, gigante e fredda, accogliente e necessaria.

Un clima ancora quasi urbano, severo e magico, in punta di piedi sulla città, che nessuno ha saputo descrivere come in queste parole del già citato Tommaso Labranca: "Sono le 17.30 di un sabato di Gennaio e mi trovo a Busto Arsizio e capisco che non ho alcuna voglia di viaggiare, alcuna necessità di viaggiare perché, girato in una strada laterale, andando alla ricerca del luogo in cui mi attendono, trovo un buco inatteso nel contesto urbano, come un foro nella trina, come un'ampia gola in una fitta catena di monti, è un vuoto tra le case nel quale una strada si slancia verso ovest, verso una zona industriale, ma è quello che c'è davanti al panorama lontano e poco elevato dei capannoni che mi fa rallentare, è questa piccolissima chiesa grigia che sorge nel centro esatto della strada (costretta a scindersi nei due sensi di marcia opposti per poi ricongiungersi dietro l'altare) con il portoncino aperto e l'interno pieno di luce gialla, che mi fa rallentare, anche se dietro qualcuno comincia a suonare, per potere vedere il giallo dell'interno ripreso in quello della fascia bassa del crepuscolo (ricordi che la strada va verso ovest?), sovrastato da una fascia arancio, una fascia rossa, una viola, poi una blu e una blu più intenso e tra i due blu sfila l'argento araldico di una scia di gas lasciata da un aereo che continua a volare, snobbando i richiami delle torri di Malpensa sottostante, a pochi centimetri di illusione ottica dall'unica stella già visibile, unica ma più brillante della chiesa davanti alla quale sono ormai fermo".

Sostituita la chiesa con il centro commerciale, come nella società dei consumi è automatico fare, cambiate, ingigantite le proporzioni, la descrizione di Labranca è perfetta. La melanconia dell'industria convertita nel suo spettacolo, i suoi colori, i monti lontani...

L'altra cattedrale contemporanea di cui parleremo è il centro commerciale Fiordaliso.

Sulle orme della vecchia Milano, dove i Navigli cedono le proprie vestigia ai fasti dell'industria, imboccata via dei Missaglia, si giunge a Rozzano, dove immediatamente si intravede l'insegna, il nome del centro commerciale a fianco di un fiore blu stilizzato, sotto il quale c'è sempre stilizzata una zolla di terra ricoperta d'erba.

Un fiorellino in mezzo ai prati della fantasia ripieno di merce reale.

Il centro commerciale Fiordaliso è nato nel 1992, è ampio più di 140.000 metri quadri ed ha il soffitto scuro con le illuminazioni che sembrano stelle perennemente accese, di giorno e di notte incombenti, avvolgenti.

Quindi è sì un centro commerciale, il Fiordaliso, ma come ogni centro commerciale è anche qualcos'altro, è appunto un universo con la sua volta celeste, e sotto la volta celeste ci sono settanta negozi, e sotto i settanta negozi pavimenti lucidissimi con disegni a mosaico, e sopra i pavimenti lucidissimi migliaia di milanesi che fanno compere.

Al Fiordaliso, come in tutti i centri commerciali della periferia della città, si incontrano le forze centripete e centrifughe della popolazione milanese: i milanesi "evadono", per finta, dalla città, entrando però al centro della sua massima esaltazione concettuale; chi giunge dalla periferia vi arriva invece come entrando idealmente in Milano, in una sorta di bigino architettonico dell'idea di metropoli.

Una specie di immenso drive-in dove il film che viene proiettato è poi quello che ciascuno parcellizza ogni giorno nel chiasso dei propri sogni minori, quelli delle "compere", quelli della cultura italiana del "carosello", della réclame in cui consumi e visioni del mondo si amalgamano in un'unica cosa e diventano luogo reale.

In questo senso, il centro commerciale è l'incarnazione di un sogno che in Italia ha avuto inizio nel dopoguerra, con il boom economico, e che è oggi al suo massimo livello di concentrazione, tanto da tendere già, flebilmente, a rovesciarsi nel suo opposto, ed è per questo che proprio in Milano stanno nascendo sempre più negozi "alternativi" all'idea concentrazionaria del centro commerciale.

L'esito estremo, o meglio e in realtà quello più prossimo alla perfezione, all'intellegibilità e alla semplificazione, è 10 Corso Como, paradiso all'ennesima potenza del consumo sito all'omonimo indirizzo, in zona Brera-Garibaldi.

10 Corso Como

Fondato nel 1991 da Carla Sozzani, 10 Corso Como è al contempo galleria, locale chic per giovani rampanti, libreria, boutique e ultimamente logo per compilation musicali che ne ricordano lo spirito.

I cd di 10 Corso Como sono esempi perfetti di un'artefazione massima dove si incontrano la consumabilità, la spendibilità immediata della musica da sottofondo per party e le testimonianze etniche di suoni lontani.

Un mix di glocalismo e seduzione esotica.

A Milano, città globalizzata, ce n'è bisogno.

Almeno per chi ha tempo di avere bisogni di tipo "spirituale", nel luogo in cui è massima la concentrazione di quelli materiali.

L'idea di 10 Corso Como sarebbe quella di abbandonare l'aurea della metropoli occidentale per approssimarci invece a quella di un bazar orientale.

Molto romantico.

Romantico e freddo.

L'Oriente della metropoli.

Nel cuore di Milano.

Ovviamente, però, i veri bazar, un po', puzzano.

Cioè, hanno molti odori, e la risultanza può essere a tratti armonica a tratti stridente, come nella musica del Novecento, come in un vero mercato del Sud anche d'Italia, ad esempio la Vucciria o Ballarò a Palermo.

Mentre 10 Corso Como profuma.

D'incenso di molti tipi.

Di Chanel.

I veri bazar sono piuttosto sporchi.

10 Corso Como è pulitissimo. Asettico. Glaciale.

Insomma un centro commerciale per ricchi e ricchissimi.

Senza carrelli.

Senza code alla cassa.

Bello.

Un paradiso.

Per pochi.

Pochissimi.

Gaudenti raffinati.

Inconsci sostenitori di una nuova, estrema, ricerca merceologica.

Per saltare dal nuovo che avanza alle origini, il capostipite dei centri commerciali di Milano è la Rinascente ("che nasce di nuovo": vi ricordate la divinità del primo capitolo?), così battezzata da D'Annunzio nel 1917 dopo che un incendio l'aveva distrutta.

Era, dalla seconda metà dell'Ottocento, un negozio di abiti confezionati in via Santa Radegonda, che poi si è ingrandito, diventando "grande magazzino" (il primo in Italia, dopo la loro diffusione in Francia, capostipite in Europa della vendita all'ingrosso) e si è trasferito in piazza Duomo.

Ma piazza Duomo è piazza Duomo, e va raccontata tutta insieme.

La fabbrica e il Megastore

Piazza Duomo è da non molti secoli il centro di Milano.

Nell'antichità il centro era piazza San Sepolcro, dove si apriva il Foro.

Più o meno dove si trova oggi piazza Duomo, nei primi secoli dopo Cristo, durante la dominazione romana, sorgeva il tempio di Minerva o della Fortuna, sostituito poi dalla basilica di Santa Tecla nell'alto Medioevo. Resti di questa Milano arcaica sono stati rinvenuti durante la costruzione della prima linea della metropolitana. Alle spalle della basilica di Santa Tecla, dove più o meno sta il Duomo oggi, c'era la chiesa di Santa Maria Maggiore. Fra le due chiese venne posto il battistero di San Giovanni alle Fonti, fondato da sant'Ambrogio, che divenne presto oggetto di venerazione e questo favorì la costruzione di diverse chiese nella zona. Diciamo che attorno al 900 dopo Cristo l'attuale piazza del Duomo era il centro religioso di Milano. Santa Tecla fu distrutta da un incendio nel 1071 e più volte ricostruita, mentre Santa Maria Maggiore venne devastata nel 1161.

Nel 1386 Gian Galeazzo Visconti decise che in quella piazza doveva essere edificata la più grande chiesa di Milano, il suo centro, e decise di chiamarla Duomo dal termine latino che indica la residenza dell'arcivescovo ambrosiano. La struttura della piazza, com'è tutt'ora conservata, venne invece progettata nel 1830, dopo molte polemiche, e la costruzione iniziò nel 1860.

Il Duomo, e la sua Madonnina, sono, assieme al panettone, il simbolo della città.

La Madonnina è di rame dorato, è alta poco più di quattro metri e si trova lì dal 1774, su una guglia eretta cinque anni prima.

A disen: 'La canzon la nass a Napoli',
e certament gh'hann minga tutt i tòrt,
Surriento, Margellina, tutt i pòpoli
i avrann cantàa almen on milion de vòlt.
Mi speri che se offendarà nissun
se parlom on ciccin anca de numm.
O mia bella Madonnina, che te brillet de lontan
tutta dòra e piscinina, Ti te dòminet Milan
sòtta Ti se viv la vita, se sta mai coj man in man.
Canten tucc: 'Lontan de Napoli se moeur',
ma poeu vegnen chi a Milan!
Adess gh'è la canzon de Ròma magica
de Nina, el Cupolone, el Rugantin.
Se sbatten in del Tever: 'Ròma tragica!'
Esageren, me par, on ciccinin...
Sperem che vegna minga la mania
de mettess a cantà: 'Malano mia!'...
O mia bella Madonnina...
Sì, vegnì senza paura,
numm ve slungarem la man:
tutt el mond l'è on gran paes

– e semm d'accord! –
ma Milan l'è on gran Milan!

Il testo della celebre canzone (che possiamo trovare in milanese "moderno" e tradotto in inglese al sito http://www.orbilat.com/Modern_Romance/Gallo-Romance/Lombard/Texts/Poetry/Anzi-Madunina.html) è significativo del rapporto che hanno i milanesi con Milano. Nella più famosa canzone su Milano si parla innanzitutto di Napoli e Roma. Però. Nel però sta tutta la questione. Roma è magica e lontano da Napoli si muore. Però (appunto) alla fine vengono tutti a Milano. E i milanesi, accoglienti, porgono loro la mano.

Perché i milanesi, continua la canzone, "non stanno mai con le mani nelle mani", ma si danno da fare. E tutto questo lo fanno, ovviamente, vivendo sotto il simbolo della città, la "Madunina" che la domina (o dominava, come dicevamo parlando del Pirellone). La Madonnina in questione si trova in cima a una "fabbrica" (la "Veneranda fabbrica del Duomo") che da più di seicento anni, caso unico al mondo, lavora alla stesso prodotto, il Duomo stesso. Che non è mai completato e per questo motivo è praticamente impossibile riuscire a vedere del tutto.

Il Duomo è generalmente impacchettato.

C'è un artista, che si chiama Christo, che è diventato famoso impacchettando, con la moglie, Jeanne-Claude, un sacco di cose. Ha impacchettato ad esempio il deserto, il Museo di arte contemporanea di Chicago, una strada in un parco di Kansas City...

A dire il vero Christo si è dato da fare anche a Milano, dove ha impacchettato, proprio in piazza Duomo, il monumento a Vittorio Emanuele, nel 1970, e poi quello a Leonardo da Vinci, nella vicina piazza della Scala (chi volesse vedere entrambe le opere può andare al sito http://christojeanneclaude.net/wm.html).

Certo i due simpatici coniugi impacchettatori avrebbero dei problemi con il più prestigioso Duomo, visto che è già impacchettato da sé, e quasi sempre. La "Veneranda fabbrica del Duomo" si chiama così, quindi, perché è in perenne edificazione e ristrutturazione.

Chi scrive ricorda di aver visto il Duomo nella sua interezza alcuni anni fa. In un breve interludio di visibilità totale seguito ad altri anni in cui era impossibile farsene un'idea complessiva. I giapponesi sono generalmente delusi. Ma si spostano lo stesso in massa in piazza Duomo, con alle spalle un edificio ricoperto che poi, dalle cartoline acquistate in piazza, spiegano a casa essere il Duomo.

Eppure è davvero una delle chiese più belle del mondo.

Attualmente (ma l'attualità a Milano è come quella dei giornali quotidiani) se ne può apprezzare il retro e l'intera buona parte dei lati.

Il Duomo evoca molte cose. Da bambino ho sempre pensato che è il posto peggiore in cui potrebbe finire un paracadutista, per le sue 145 guglie.

Il marmo bianco e rosa di cui è interamente rivestito gli dà a volte una vaga aria di dolce, una sorta di golosità architettonica immane.

Sembra strano, ma diverse persone che lo hanno osservato a lungo hanno avuto il pensiero che fosse buono da mangiare.

Per goderlo davvero, per viverlo, il Duomo, più che attraversarne l'interno, con pianta a croce latina e immensi pilastri polistili, piuttosto impressionanti ma anche "dispersivi" a un primo colpo d'occhio (la grandezza dell'interno del Duomo di Milano è dispersiva, a differenza ad esempio di

San Pietro, la cui mastodonticità impressiona per un'idea di monumento corale, di spazio sontuosamente unitario, e malgrado la grande quantità di opere d'arte presenti, tra cui un capolavoro del "pulp" di tutti i tempi, il monumento a San Bartolomeo che, scuoiato vivo, sorregge la propria pelle), bisogna salirci sopra. Ci si può andare in ascensore o a piedi. A piedi costa meno ma è abbastanza nauseante. Le scale sono piccole, si attorcigliano su se stesse e da piccole feritoie ai muri si vede poco dell'esterno fino a che non si è arrivati stremati in cima. È però un'esperienza ginnica notevole, per chi è in grado di condurla. La maggior parte dei turisti e tutti i giapponesi (che hanno fretta) preferiscono invece l'ascensore, che rapidamente vi trasporta in un caleidoscopio architettonico di statue di santi e di guglie davvero emozionante da percorrere. Una foresta di marmo in cima alla città. Da lì Milano sembra bella, immensa, mentre per uno strano effetto ottico la Madonnina, più vicina, sembra più piccola che non da terra. Chi ha un'idea della città dalla cima del Duomo può scorgere tutti i più importanti palazzi di Milano. Dei più importanti palazzi di Milano parleremo però dopo. Andare in cima al Duomo è l'ideale per le giovani coppie di innamorati, per le famiglie e le scolaresche. Andarci da solo credo sia piuttosto angosciante. Come sedersi al ristorante e consumare una pizza in solitudine. È anche possibile fare amicizia con le persone che vi chiederanno di far loro delle foto, nella qual circostanza bisogna prestare speciale attenzione nell'indietreggiare per ritrarre meglio la coppia di turisti giapponesi con borsa della Rinascente che vi guarda felice mentre avete in mano la loro Canon. Il pavimento, a lastre, inclinato, le tante scale rendono pericoloso muoversi in cima al Duomo a marcia indietro fissando un obiettivo. Chi fosse particolarmente colto, infine, può portarsi dietro una ponderosa guida e riconoscere, nelle centinaia di statue che decorano la sommità del Duomo, buona parte della storia della Chiesa lombarda e mondiale. Vescovi papi santi beati prelati e importanti personaggi animano di secolari convitati di pietra questo monumento della fede e del turismo.

In piazza Duomo ci sono pure altre notevoli opere architettoniche, anche se l'attrattiva maggiore resta il Virgin Megastore, il nuovo luogo d'incontro per gli appuntamenti "in centro" che ha da anni ormai surclassato il tradizionale ma fuori moda "sul sagrato del Duomo". La frase classica è "Ci vediamo alle ore X fuori dalla Virgin". E fuori dalla Virgin sono sempre decine le persone che attendono altre persone, con un ricambio continuo che ha le sue punte massime ad ora di pranzo e dopo le 17, quando l'affluenza di gente che ne aspetta dell'altra è tale che diventa oggettivamente difficile incontrarsi.

"La Virgin" e, dall'altra parte, tra la piazza e la galleria Vittorio Emanuele, il Megastore Ricordi, si contendono i turisti e comunque gli avventori giovani. La Virgin è anche bar "Autogrill" (Spizzico) ed ha all'interno anche una profumeria e un negozio di articoli per macchine fotografiche. Il Megastore Ricordi è negozio di articoli musicali (con una grande sezione dedicata alla musica classica e lirica, agli spartiti e ai libri di musica), libreria, ancora "Autogrill" (negozio al primo piano e "Spizzico" al pianterreno), fast-food (Burger-King) con in più un accesso diretto a McDonald's.

Il McDonald's della galleria Vittorio Emanuele è salvifico per fare pipì nella zona che va da piazza Duomo a piazza San Babila, dove chiunque ci sia stato sa essere molto problematico avere bisogni fisiologici per la rarità e la fatiscenza dei servizi dei bar, spesso lussuosi ma carenti parecchio da questo punto di vista.

Ma torniamo alle opere architettoniche di piazza Duomo.

Tra il Duomo e "la Virgin", come viene più sbrigativamente chiamato lo *store* di dischi, dvd e insomma dell'industria del divertimento (che come tale è però chiuso dalla fine del 2003, e non si sa se e quando riaprirà), si trova il palazzo dell'Arengario.

Il palazzo dell'Arengario sembra progettato direttamente da Mussolini, che nel 1939 ne impose la costruzione. L'idea era quella di farne un'imponente balconata da cui affacciarsi sulla vastità della piazza per farsi applaudire dalla folla. Terminato però nel 1956 (ormai era incominciato e doveva essere finito), Mussolini non fece in tempo a utilizzarlo. In realtà è piuttosto orrendo.

Al primo piano si tengono spesso mostre, d'ogni genere, dai Longobardi alla storia del fumetto. Messo lì vicino al Duomo sembra una sovrapposizione di cubi di marmo i cui volumi stridono terribilmente con l'astratta, evanescente potenza del Duomo, nudo o impacchettato che sia.

In piazza, davanti al Duomo, c'è il monumento a Vittorio Emanuele a cavallo. È in bronzo e raffigura l'ingresso in città delle truppe alleate franco-piemontesi nel 1859 dopo la battaglia di Magenta, guidate da Napoleone e da Vittorio Emanuele. Da alcuni anni la zona del monumento accoglie festanti gruppi di sudamericani che, specialmente la sera, suonano e bevono.

Piazza Duomo soffre la propria immagine un po' caotica, scomposta e dispersiva (il grande pittore Enrico Baj la definiva polemicamente "piazza Marrakech"), e certo non è aiutata, in questo, dall'uso "multifunzionale" che se ne fa.

Durante il periodo natalizio si trasforma in una sorta di

piazza-spettacolo con proiezione sulla facciata del Duomo di immagini religiose e diffusione a tutto volume di canti gregoriani e jingle natalizi.

Altre iniziative (la pista per pattinare, strane trovate come "il bosco degli Alberi di Natale") ne confondono ancora di più l'aspetto.

Piazza Duomo è spesso usata come luogo per proiezione, su maxischermi, di partite di calcio. D'estate vi si tengono concerti, su palchi improvvisati, in un'area scomoda per chi vuole osservare i cantanti e devastante per chi transita, assordato dalla musica. Le stampe di piazza Duomo raffigurata com'era due secoli fa sono invece letteralmente divorate dalla magnificenza del tempio, che svetta in tutto il suo splendore, via via sempre più schiacciato.

Ancora una volta, Milano non sa rappresentare se stessa, o meglio continua a rappresentare di tutto, dimentica della propria identità che del resto, anche andando alle origini di questa travagliatissima piazza, essendo sempre stata incapace, come recita la famosa canzone riportata all'inizio, "di stare con le mani in mano", è sempre provvisoria, in perenne trasformazione per la frenesia di chi la abita.

Da piazza Duomo, comunque, in cinque minuti è possibile raggiungere a piedi uno dei più strani simboli della modernità, uno strano oggetto in muratura che immediatamente si nota quando si sale in cima al Duomo e ci si chiede cos'è quello strano palazzo che si vede, e che sembra una torre che però vorrebbe essere un castello e che insomma...

La torre di un castello visconteo costruita con il meccano

Lasciato il Duomo alle spalle, prendendo via Marconi, tra il Virgin Megastore e palazzo Arengario, arriviamo in piazza Diaz.

Piazza Diaz è una delle piazze più piazze di Milano.

Innanzitutto è rotonda. Più o meno. Comunque sembra veramente una piazza. Forse perché lo è "forzatamente".

Un po'... svizzera.

Svizzero-milanese.

Infatti è l'esito di uno dei più grandi dissesti urbani di questo secolo.

Nel Medioevo, era una contrada, la Contrada dei Tre Alberghi.

Ci stava anche una chiesa, anzi una serie di chiese costruite una sull'altra e a loro volta erette su delle terme romane, tra il III e il VI secolo dopo Cristo. La chiesa nella sua ultima "versione" si chiamava San Giovanni Laterano, era monumento nazionale e conteneva parecchie opere d'arte.

C'erano, nella Contrada dei Tre Alberghi, case a ringhiera e un convento cinquecentesco, dal Settecento adibito ad abitazioni private. Insomma uno squarcio di Milano attraverso i secoli, distrutta e ristrutturata fino alla sua formazione attuale dal 1928 alla fine degli anni Cinquanta.

Al centro c'è un monumento confusionario, dedicato al "Carabiniere". È un'evocazione della fiamma del berretto dell'Arma. Ed è un oggetto problematico perché è difficile capire se è bello o brutto. A una prima occhiata è uno schiaffo negli occhi. Poi, guardando bene, perde il valore simbolico a cui sarebbe ancorato e si trasforma. Allora, al posto della fiamma dei carabinieri puoi incominciare a vedere delfini che saltano, strani uccelli in stormo e molte altre cose (una bella foto, "tagliata", quasi casuale, "accelerata" del monumento si trova sul sito http://www.bellavite.com/foto_album_milano/, che contiene parecchi ritratti di angoli della città). Sotto il monumento ai carabinieri c'è un parcheggio sotterraneo. Attraversando la piazza da destra si costeggia il palazzo dell'Istituto Nazionale delle Assicurazioni, mastodontico colosso fascista con portici, e si arriva, attraverso via Gonzaga, a piazza Missori, che si biforca in corso Italia e corso di Porta Romana. Piazza Missori, come piazza Diaz, è "un'invenzione moderna", esito di progressive distruzioni di cui rimane un relitto, una sorta di lussuoso spartitraffico "cameo" dal passato: un rudere della chiesa di San Giovanni della Conca, una delle chiese più importanti della storia di Milano, risalente al primo secolo dopo Cristo, sotto la quale si trova ancora l'antichissima cripta.

Questo "pezzo" della Milano antica, a mo' di feticcio temporale galleggiante nel presente resta lì, incomprensibile tra l'altro a chi passa ignaro di quanta storia, prima di tante ruspe e macchine e tram, sia passata di lì.

Ma se abbastanza difficile da notare, o almeno da richiamare su di sé l'attenzione, è il rudere della chiesa di San Giovanni della Conca, impossibile, in piazza Missori, alzando la testa, è non spaventarsi vedendo incombere sopra di noi la Torre Velasca, quella che si vede dal Duomo, e che sta nella piazza omonima poco più avanti. La torre si chiama così sempre per una persistenza del passato. È dedicata infatti a don Juan Fernández de Velasco, inquieto governatore spagnolo del Millecinquecento, che decise di aprire proprio qua un largo snodo stradale per farci passare i carri del carnevale.

Il proposito del celebre architetto che la progettò, Giò Ponti, era quello di riprendere la "maestosità" viscontea frammista alla dinamicità delle strutture moderne, messe ostentatamente in vista.

Da un altro punto di vista, la Torre Velasca sembra un grattacielo in cima al quale è stato attaccato un pezzo di grattacielo più grande, e questa strana cosa lo fa sembrare simile alla torre di un castello costruito con il meccano, in una città giocattolo nel punto in cui un tempo passavano i buoi che trascinavano i morti della peste.

Le ossa di Milano (I)

[...] e involve
tutte cose l'obblio nella sua notte;
e una forza operosa le affatica
di moto in moto; e l'uomo e le sue tombe
e le estreme sembianze e le reliquie
della terra e del ciel traveste il Tempo.

O quanta gent che morta su una strada
La storia l'è passada senza véd [...]

I primi sono tra i più famosi versi di Ugo Foscolo, dai *Sepolcri*. Nei *Sepolcri*, dove si parla ovviamente di cimiteri, Foscolo si sofferma sulle spoglie di un milanese illustre, il Parini (che fu amico personale di Foscolo nei suoi travagliati, specie sul piano sentimentale, anni a Milano), che fu gettato, dopo la morte, in una fossa comune.

Come un morto qualunque.

I secondi sono due endecasillabi del più grande poeta dialettale milanese, Franco Loi, e parlano proprio dei "morti qualunque".

Franco Loi è un poeta milanese anomalo. Di origini sarde, ha vissuto a lungo in Liguria e a Milano ha costruito un milanese "da laboratorio" che è più autentico di quello "tradizionale", appunto in una città dove la tradizione tende a diradarsi come le case nella nebbia e nella fretta delle auto.

E i versi di questa sua celebre lirica si rifanno a un aspetto fondamentale di Milano, come di ogni altra città, che dirada nella nebbia della memoria.

I residenti dei cimiteri.

Famosi o sconosciuti che siano.

Se il figlio, come diceva Freud, cresce sul cadavere dei suoi genitori, una città cresce sui cadaveri dei suoi avi. Nella loro materialità, Milano li ostenta in una delle sue chiese più strane e meno conosciute, San Bernardino alle Ossa.

San Bernardino alle Ossa è una piccola chiesa nel centro storico, a due passi da piazza Fontana.

In un ideale percorso nella Milano dei morti, piazza Fontana ha un indubbio rilievo.

L'espressione più ricorrente, nella memoria storica e anche nel linguaggio comune, associa il nome della piazza al sostantivo "strage", in riferimento all'attentato che vi ebbe luogo nella Banca dell'Agricoltura il 12 dicembre 1969. Piazza Fontana, che alle origini era il luogo in cui si teneva il mercato della frutta (e che in epoca romana era un orto), si chiama così perché quella che vi è oggi al centro, più volte ricostruita, fu la prima fontana di Milano, realizzata nel 1780.

Ma torniamo a San Bernardino alle Ossa.

La chiesa, in piazza Santo Stefano, dove oggi vi sono due pizzerie contigue e un'edicola, transito per gli studenti che dalla sede dell'Università Statale vi accedono per arrivare a via Larga, è un vero capolavoro del trash cimiteriale.

Purtroppo, è difficile da visitare perché non vi si celebrano più le funzioni ed è perennemente chiusa per restauri.

Se la trovate chiusa, vi conviene ripassare dopo qualche decennio.

Della chiesa originale, del Medioevo, rimane qualcosa nel rifacimento della facciata, del 1679.

Il suo elemento più caratteristico è una cappella dove si conservano parecchi teschi e ossa umani disposti sulle pareti e intorno all'altare a mo' di decorazioni inquietanti.

I teschi e le ossa della chiesa di San Bernardino alle Ossa (già, con poca fantasia, "Chiesa di San Bernardino dei morti") provengono da cimiteri milanesi del Seicento soppressi.

Altri teschi si trovano nelle cassette sopra la porta esterna originale (oggi murata), e appartengono tutte a condannati a morte del secolo che precedette quello "dei lumi".

Alcuni erano originariamente seppelliti in fosse comuni nel vicino cimitero all'interno dell'ospedale di Santo Stefano in Brolo, diventato poi l'Ospedale Maggiore degli Sforza ed infine e ancora l'Università degli studi di Milano.

La chiesa di San Bernardino alle Ossa ebbe tra i suoi fan parecchi regnanti europei amanti dell'orrido, e nel 1738 Giovanni V re del Portogallo, in visita a Milano, ne rimase talmente colpito da richiederne il disegno per farsene fare una simile a Lisbona, non si sa con ossa e teschi di quale provenienza.

Rimanendo sull'argomento ossa, molte erano raccolte in una chiesa che non esiste più da oltre 200 anni, e che si trovava vicino all'attuale piazza San Babila. Si chiamava Chiesa di Santa Marta alle Ossa e conteneva i resti di alcuni nobili milanesi morti di peste nel 1932.

Alcune tra le più nobili ossa della storia di Milano sono custodite poi nella cripta del basamento dell'obelisco dedicato alle Cinque giornate di Milano, nell'omonima piazza.

Sono ossa, provenienti dalla chiesa dell'Ospedale Maggiore, che appartennero ad alcuni dei 372 popolani che tra il 18 e il 22 marzo 1848 morirono per scacciare i soldati austriaci dalla città.

La cosa più curiosa di tutta la vicenda, al di là di quello che ne riportano i libri di scuola, è che questa piazza, prima di assumere il nome dell'evento storico che vi accadde, era nota per essere la più oscena di Milano.

Si chiamava Porta Tosa ("tosa", o "tusa", in milanese vuol dire ragazza) ed al centro aveva un arco decorato dal bassorilievo di una ragazza che a gambe larghe si depilava il pube, secondo una tradizione a ricordo di una prostituta che sconcertò i soldati di Federico I facendo loro perdere tempo (in attesa che si depilasse) e ritardando quindi l'assalto alle mura delle città.

Il bassorilievo, oggi, si trova nel museo del Castello Sforzesco.

I resti del più antico cimitero di Milano sono invece nella basilica di Sant'Eustorgio, nell'omonima piazza vicino a piazza XXIV Maggio, sulla Darsena. Nelle sue fondamenta ci sono le cosiddette "catacombe di Milano", tre cripte dove è racchiuso tutto quello che rimane del cimitero romano e paleocristiano, con tombe a inumazione e incenerazione di epoche diverse, epigrafi pagane e cristiane e una tomba a edicola trovata sotto il livello della chiesa attuale e poi ricostruita.

La basilica di Sant'Eustorgio, che resta una delle più belle di Milano, deve la sua fama attraverso i secoli al mito che ne fece anche la tomba dei Re Magi. Tutto incominciò, secondo la tradizione, nel IV secolo dopo Cristo, quando sant'Eustorgio vi trasportò le sacre reliquie. Gliele aveva regalate l'imperatore Costante a Costantinopoli. Dopo avervi posto le reliquie dei Re Magi, sant'Eustorgio morì anche lui e vi si fece seppellire. Secondo altre fonti, invece, la chiesa fu fatta costruire da un altro Eustorgio, Eustorgio II, nel 512, che la dedicò al suo omonimo predecessore, vissuto duecento anni prima di lui.

Comunque, sappiamo anche che nel 1162 il Barbarossa a quanto pare la distrusse, e portò a Colonia le reliquie dei Re Magi. La chiesa fu ricostruita trent'anni dopo, ampliata fino a metà del Quattrocento e restaurata fino ai giorni nostri (le ultime ricostruzioni sono posteriori alla seconda guerra mondiale, durante la quale la chiesa venne danneggiata).

Le ossa di Milano (II)

Biraghi Giovanni, morto il 21 ottobre 1885, un bambino, fu il primo sepolto nel cimitero Maggiore di Milano.

Anticamente, l'attuale cimitero Maggiore, al fondo di viale Certosa, era il cimitero del comune di Musocco, cimitero via via sempre più ingrandito per inglobare tutti i cimiteri popolari dei quartieri assorbiti nel tempo dalla metropoli.

Negli spazi vicini, dove ora c'è il piazzale con i venditori di fiori a prezzi esosi, ai tempi della dominazione spagnola si svolgevano i duelli della nobiltà milanese.

Eccone una descrizione del 1930, per una volta ancora valida oggi, nel 2004: "La facciata consta di due edifici, collegati da un portico e con un'elegante edicola centrale. Oltre agli atrii, vi è un deposito per feretri, una sala per autopsie, una camera ardente e tre sale per cerimonie religiose e cioè: per cattolici, israeliti e protestanti".

Una leggenda urbana che circolava alla fine degli anni Ottanta narrava che il cimitero Maggiore fosse a corto di personale e che cercasse giovani per lavare i cadaveri prima di vestirli e chiuderli nella cassa zincata.

Il lavoro era ben remunerato e sono stati in tanti, anche chi scrive, a telefonare al cimitero per sentirsi gridare che no, i cadaveri se li lavavano da soli, non c'era nessuna opportunità di guadagno.

Questa leggenda urbana circola in realtà in tutte le metropoli del mondo, e periodicamente ritorna.

A Milano ha però avuto particolare diffusione e proprio in quel periodo storico, ma non se ne è mai saputo il perché.

Ma il top milanese dell'oltretomba è il cimitero Monumentale, dove tutto è all'insegna della grandezza e la morte esibisce il suo lato più prestigioso se non addirittura modaiolo, quasi frivolo (per paradosso e contrappasso: "frivolo" nel senso di mondano, esibito e a volte ostentato), mantenuto all'interno di un decoro dato dalla maestosità dei volumi e dalla nobiltà dei materiali.

Non certo, o almeno non sempre, dal buon gusto, anche se resta uno dei posti che non si può non visitare se si vuole davvero vedere il meglio di Milano.

Il cimitero fu inaugurato con la sepoltura del maestro di musica Adolfo Noseda il primo gennaio 1867. Adolfo Noseda non fu affatto un nome che il tempo perpetuò, ma come quello di Giovanni Biraghi resta nella storia di Milano come inauguratore di cimiteri di grande rilievo.

Il cimitero Monumentale di Milano è una *hall of fame* dei morti meneghini è il suo simbolo è il Famedio, omaggio architettonico ai milanesi di cui la Storia si ricorda. Va visitato preferibilmente verso mezzogiorno quando il sole è alto e sciabola dentro dai rosoni con un effetto davvero suggestivo, sulle pareti e il pavimento traslucido. In cima, una cupola blu cobalto, punteggiata di stelle (che con qualche sforzo può ricordare il soffitto dei centri commerciali) e sotto le facce e i sepolcri dei grandi milanesi. Alcuni ci sono proprio sepolti, altri solo ricordati.

Tra i sepolti davvero ci sono Alessandro Manzoni e Carlo Cattaneo, tra quelli ricordati Giuseppe Verdi, di cui campeggia un imponente busto con effetto vagamente post-umano, mutante, perché le braccia della statua si fondono alla base, con il bronzo, e un ritratto realista sfuma in una specie di icona dell'inorganico o del quasi tale.

Insomma, al Famedio Giuseppe Verdi incontra il William Burroughs della *Macchina morbida*.

Da un certo punto di vista fa impressione, ma è anche molto bello.

Vediamo alcuni dei monumenti più notevoli.

C'è il Brivio, di Vedani, che sembra un'interpretazione neoclassica, allegorica, della *Notte dei morti viventi* di Romero. Rappresenta due donne, l'Anima e la Riconoscenza, prese e portate nell'aldilà da un angelo.

Vertiginosa è la plasticità dell'angelo che raccoglie Adriana, una bambina morta a nove anni, nel monumento Elisi, per portarla in paradiso. L'angelo (che guarda in cielo, che sfugge la terra) e la bambina (che osserva in basso, che non vuole andarsene), bianchi, sono posti davanti a uno sfondo dorato, e il contrasto crea un forte impatto metafisico, classico ed espressionista allo stesso tempo.

La tomba di Edoardo Rancati è sormontata da una sconvolgente rappresentazione del tempo, un vecchietto con le ali e la barba lunghissima, appoggiato appena sul marmo, quasi si fosse fermato un istante solo, con in mano l'immancabile falce che miete le sue vittime inesorabile.

L'edicola Baghetti toglie il fiato.

La rappresentazione della crocifissione che sormonta la base, che rappresenta il Golgota, con Gesù Cristo sulla croce precariamente sorretto prima che la croce sia definitivamente eretta, è di un realismo estremo, conturbante.

Ma il Monumentale è da visitare tutto, scoprendolo nei piccoli dettagli (l'ultima volta, chi scrive è rimasto impressionato da una piccolissima tomba sormontata dalle statue di tre bambini, o angioletti, in girotondo festoso sopra un crocifisso).

Nel cimitero Monumentale c'è anche spazio per lo shopping.

Entrando, sulla sinistra, c'è il bookshop, che però è quasi sempre chiuso, mentre scendendo una scala, sempre all'ingresso del bookshop, è possibile accedere al museo, dove ci sono statue in disuso, alcune bellissime, e le incredibili carrozze di inizio secolo, che venivano usate per portare il cadavere all'"ultima dimora".

Diceva il protagonista di uno dei primi, sconvolgenti racconti di Samuel Beckett, *Primo amore*, che "alla puzza dei vivi preferiva l'odore dei morti".

E per questo motivo passava la maggior parte del tempo nei cimiteri. Anche i protagonisti di uno dei più celebri e scanzonati film degli anni Settanta, *Harold & Maude*, quasi un monumento cinematografico allo spirito di quei tempi, amavano i cimiteri ed è stato in un cimitero che si sono incontrati e innamorati.

E nella città degli affari, i cimiteri sono delle isole sottratte al tempo che dappertutto ogni cosa cambia e sfigura.

Dove non è mai, o lo è troppo, *adesso*.

Un accendino a forma di 11 settembre. La passeggiata quotidiana di Enrico Cuccia

A Milano si fanno affari dappertutto.

I più simpatici sono quelli avventizi, che possono avere luogo, o provano a farlo, ovunque e hanno un sapore più mediterraneo che meneghino.

Se a Roma c'è stato chi vendeva il Colosseo ai turisti stranieri a Milano non accade nulla di tutto questo, ma ci si può sorprendere invischiati comunque in situazioni ambigue e affascinanti, ai margini della legalità od oltre.

Come nel drappello di persone che circondano l'unico banchetto del gioco delle tre carte all'ingresso della metropolitana della stazione Centrale. C'è da anni ed è un'istituzione. Un fitto vociare letteralmente attraversato dalle migliaia di persone che si affrettano alla stazione ricorda che lo spirito di Totò è vivo anche nella metropoli del Nord.

E poi ci sono gli incontri occasionali, gli individui più bizzarri finiti non si sa come nella grande metropoli che devono arrangiarsi per vivere e si inventano disparati business fondati sul nulla.

Né più né meno come fanno, con tutt'altro lustro, ben all'interno delle regole istituzionali, le centinaia di ambigue agenzie di ricerca case o ancora peggio di lavoro che a Milano nascono e muoiono come funghi.

Comunque.

Chi scrive una volta è stato fermato da un individuo che gli ha chiesto dove si trovava lavoro.

Era a Milano perché gli avevano detto che a Milano c'era lavoro dappertutto ma lui lavoro non lo trovava. Mi guardava, mi raccontava la sua vita e continuava a dirmi stupefatto che lui avrebbe voluto fare affari, non so di che genere, ma a Milano era molto difficile e se per favore io che ero milanese, e introdotto quindi nell'ambiente dei milanesi, potevo aiutarlo a inserirsi.

Dopo mezz'ora di discussione il piccolo affare era combinato. Non ho capito bene come (forse era semplicemente per liberarmene), ma il tizio se n'è andato perché io gli avevo dato cinque euro e lui era molto soddisfatto.

Era un piccolo affare.

I piccoli affari di chi nella metropoli ci prova.

Ci sono i suonatori della metropolitana, di cui parleremo più avanti, che inventano sempre nuovi repertori e forme per capovolgere la carità in una forma di esibizione artistica improvvisata e remunerata, prossima alle estreme propaggini del mercato, quelle dei venditori ambulanti africani o cinesi che cercano di propinarti qualunque cosa, pur nell'abito delle reciproche competenze.

Gli africani sono specializzati nelle cover per cellulari. Ne hanno migliaia. Aderendo marginalmente al principio di identità mutante della metropoli lombarda, ne celebrano l'assioma fondante vendendo l'idea dell'infinita trasformazione (o meglio, del *restyling*) di uno dei suoi simboli più tecnologici e popolari. Ci sono così cover per trasformare un cellulare in donna nuda, in Ferrari, in personaggio dei fumetti, in animale, in scheletro...

Poi vendono accendini.

Semplici.

Accendini Bic.

Gli accendini più elaborati, barocchi, impossibili, esagerati sono invece business dei venditori cinesi.

Gli accendini cinesi sono il pretesto per dare forma a qualunque cosa o concetto, rendendolo smerciabile (attribuendogli valore d'uso) nell'oggetto accendino. E quindi gli immancabili accendini porno, gli accendini a forma di pistola e quelli a forma di eventi.

Cosa significa accendini a forma di eventi?

Facciamo un esempio, il più eclatante.

Per quindici euro trattabili, l'anno scorso, in piazza Moscova, ho acquistato un accendino a forma di 11 settembre. Nel senso di una piccola "scultura" di metallo raffigurante una testa di Bin Laden (che poi era l'accendino vero e proprio, in quanto, azionando una levetta posta sotto la barba del leader di Al Qaida formato accendino, prendeva fuoco) e, alle sue spalle, le Torri Gemelle con un aereo conficcato all'interno di una delle due.

"Simpatico schelzo per lidele con amici", mi ha detto la venditrice.

Gli affari più grossi, quelli che più affari non si può, prossimi alla svaporizzazione nel mistico, nel cuore profondo della macchina mondiale, sono altrove e sono tutt'altro e si svolgono nel tempio dell'economia, nell'omonima piazza milanese.

Una Milano un po' grigia di cui è simbolo l'eminenza grigia dell'economia italiana della seconda metà dello scorso secolo, Enrico Cuccia.

Enrico Cuccia era un'istituzione milanese.

Come il panettone e la Madonnina.

Se la Madonnina veglia dalla sommità del Duomo, Cuccia ogni giorno per anni, ripetendo a piedi lo stesso percorso che da casa sua lo portava al secentesco palazzo Visconti Ajmi, dove da sempre aveva sede Mediobanca, di cui era presidente onorario, vegliava sulla città, sul suo funzionamento, dalla strada.

È negli annali della memoria italica più popolare, quella televisiva, il tentativo di Chiambretti di interrompere, per parlargli, la quotidiana ascetica passeggiata di Cuccia verso il lavoro. E nessuno può dimenticare la faccia di quest'uomo, simbolo di milanesità doc anche se d'adozione (era nato a Roma da famiglia siciliana), priva di espressione, totalmente indifferente alle telecamere e all'invadenza dell'intervistatore, figura trascendentale e incorruttibile, inscalfibile, già eletta nell'empireo dei soldi ma ancora prima della storia di Italia tutta, delle sue molte ombre e delle sue luci.

Piazza Affari, sede della Borsa di Milano, non è propriamente un luogo.

O meglio, lo è anche, ma dopo.

Nel senso che è prima l'ipostasi del business mondiale nel suo periferico ufficio italiano, intendendo per ufficio sia la pratica che il locale adibito alle mansioni che ne perpetuano l'attività.

Poi è anche una delle più imponenti piazze di Milano, con il maestoso, neoclassico palazzo della Borsa, ristrutturato nel 1990, coperto da una vetrata e suddiviso nei recinti dove avvengono le contrattazioni, con zone per addetti ai lavori e zone aperte al pubblico. Metterci piede è un po' come entrare in una chiesa, mandando in corto circuito l'espressione evangelica "scacciare i mercanti dal tempio".

Il tempio è il mercato e i suoi ritmi sono scanditi dal gigantesco quadro luminoso che segnala le quotazioni.

Un po' il cuore pulsante dell'Italia economica, quella ufficiale, globale.

Il palazzo della Borsa di Milano sorge dove un tempo c'era il Teatro Romano di questa città. Di resti ne sono stati ritrovati parecchi durante gli scavi per le fondamenta. Era un teatro popolare e poteva contenere 7000 spettatori. Nel Medioevo, vi si tenevano le assemblee popolari, fino a che come al solito, nel 1162, Federico Barbarossa non ha distrutto tutto. Una lapide con la planimetria del teatro, tutto ciò che ne rimane, è posta oggi sul fianco sinistro del palazzo.

E se il palazzo della Borsa di Milano è il tempio della Milano che di giorno lavora, altri sfavillanti templi, istituzionali loro malgrado anch'essi, rappresentano il mondo di chi di giorno dorme, e la notte si diverte.

Mi chiamo Jovanotti e faccio il dj / e non vado mai a letto prima delle sei...

Il cantore dei versi che danno il titolo a questo capitolo, Lorenzo Cherubini alias Jovanotti, milanese di adozione, è stato testimone del fermento notturno che ha caratterizzato Milano negli scorsi decenni.

Il fervore c'è ancora, ma ha un altro marchio.

O meglio non ce l'ha più.

È come se fosse esploso dopo essersi dilatato all'inverosimile.

La Milano notturna di oggi è flessibile come il lavoro che la maggior parte delle persone svolgono di giorno, mode e tendenze si accavallano e sfumano indistinte o troppo distinte o semplicemente troppe.

Un caos che però è vitale.

Privo di direzione.

Senza un centro.

Comunque, secondo il criterio puramente arbitrario del gusto personale, ecco, in ordine casuale, piuttosto poco puntuale (perché Milano, lo sappiamo, continua a cambiare) i migliori dieci locali notturni di Milano:

1) *Rolling Stone* (corso XXII Marzo)

Nato nel 1982, è il tempio del rock milanese ma è da sempre aperto ai più disparati generi musicali. È qui che si esibiscono gruppi in ascesa o realtà già consolidate dello show business. Chi scrive ha visto, al Rolling Stone, dove si può ballare, assistere a spettacoli multimediali e ascoltare buona musica con buona acustica, i Daft Punk, i God Sped You Black Emperor!, i Kraftwerk, i Portishead, i Sonic Youth e parecchi altri gruppi di fama mondiale. Il locale è diviso in una zona "talk" (dove si riesce a parlare!) e le sottostanti due piste, che possono ospitare spettacoli diversi. Il pubblico è vario, gli eventi quasi sempre di grande rilievo.

2) *Nautilus* (Cardano al Campo, Varese)

Come per l'aeroporto di Malpensa, Milano ha in provincia di Varese una delle sue discoteche più belle (e proprio vicino alla Malpensa). Il Nautilus è una discoteca storica. Enorme. E per tutti i gusti. Al Nautilus ci trovi i quindicenni e i cinquantenni. Ovviamente il primo pensiero è che i cinquantenni siano lì per molestare i quindicenni, ma non è così. È un luogo di divertimento "trans-generazionale". Il Nautilus è suddiviso in tre sale. Immensa la prima, dove si tengono concerti e si ascolta musica rock a 360°, ma molto più suggestive le altre due. La sala "Giuditta", revival dell'immediatamente passato (per "revival", oggi, nella musica leggera, si intende anche il brano musicale di tre anni fa), in stile anni Ottanta, e poi la sala "Fossa", sottoterra. La sala "Fossa" della discoteca Nautilus sembra rimasta a trent'anni fa. Il che, sul piano musicale ma anche antropologico, è stupendo. Piena di fricchettoni che probabilmente spuntano solo il venerdì o il sabato sera, per rievocare a ritmo di reggae uno spirito più che sparito disciolto tra mille differenti correnti, senza che esista più una vera "tendenza", di qualunque genere si voglia. Nella sala "Fossa" del Nautilus sopravvivono gli "sconvoltoni" e insomma tutto quel mondo scanzonatamente impegnato dei giovani pacifisti di quando ancora tutto sembrava dovesse migliorare. Prima del baratro buio dell'uniformità, dell'indistinto confuso presente.

3) *Centro Sociale Autogestito Leoncavallo* (via Watteau)
Ovviamente, il Leoncavallo non è un locale notturno, ma è certo da tempo uno dei posti dove a Milano, di notte, non ci si può non capitare. Salvo pregiudizi ideologici, ovviamente. Quello che fu e rimane uno dei simboli dell'antagonismo sociale milanese, passato ormai alla storia, sopravvive come monumento vivente (e molto vitale) della creatività anarchica, non necessariamente militante, ma fuori dalle regole. E il Leoncavallo è fuori dalle regole per istituzione. Non ha molto senso descriverlo. Bisogna andarci. Viverlo.

4) *Plastic Bordello* (viale Umbria)
Il Plastic ha ventiquattro anni, e deve la sua capacità di resistere al tempo alla sua camaleontica natura. È sempre di tendenza perché se le tendenze cambiano cambia anche il Plastic. Luci immense e scritte luminose mutano in continuazione come muta il locale. E chi lo frequenta. Gay lesbiche trans modelle modelli italiani stranieri. Marziani. Quasi tutti sopra i trent'anni. Tacchi a spillo da uomo, doppiopetto per signora. Il tutto perfettamente, "naturalmente" amalgamato. Senza forzature se non quella di una verace disposizione all'eccesso. "Bordello" è il nome del "privé" più estremo del locale. All'insegna della nostalgia e del sadomasochismo o meglio del cocktail delle due cose. In una parola, della "decadenza", quella storica, il baudelairiano appagamento della disfatta. Quella

che dopo una notte di follie, una bella notte di follie, ti spinge a metterti gli occhiali neri e ad andare in ufficio.

5) *Alcatraz* (via Valtellina)

Il passato industriale della capitale del Nord emerge con clamore all'Alcatraz, glaciale tempio della musica leggera contemporanea, tra le luci sparate montate su strutture d'acciaio. Potrebbe sembrare un'acciaieria, o un'antica stazione dei treni. Chi scrive, quando ha visto per la prima volta questo locale ha pensato all'*Elemento del crimine* e a *Europa* di Lars von Trier. Il moderno come qualcosa di infinitamente vecchio che contiene il nuovo che straripa sottoforma di musica. Come nelle paradossali scene di danza di *Matrix 2 Reloaded*, dove gli umani sopravissuti esorcizzano ballando la sostituzione del mondo con una sua copia virtuale. Diviso in tre zone, è dedicato alla musica da discoteca degli anni Settanta Ottanta e Novanta il venerdì e al rock, a ogni tipo di rock, il sabato. Molti i concerti. L'acustica è studiata in modo tale che, spostandosi da una zona all'altra, si riesca a... parlare.

6) *Blue Note* (via Borsieri)

Chi ama il jazz a Milano *deve* andare al Blue Note, omologo meneghino del celebre locale di New York (ma un Blue Note è esistito anche a Parigi negli anni Sessanta) e della casa discografica che ha lanciato alcuni degli astri più importanti della musica afroamericana. Il Blue Note di Milano si trova nel quartiere Isola (dove nacque Silvio Berlusconi), in zona Brera-Garibaldi, ed è da qualche anno particolarmente di moda. Il locale è stato inaugurato il 19 marzo 2003 con un concerto del grandissimo Chick Corea, ed è ora meta europea fissa dei grandi del jazz contemporaneo. La musica, come l'acustica, è superlativa. Come i prezzi. Sono paradossali l'eleganza austera, l'ordine e insomma tutto il "decoro" (non si può fumare!) di un locale che celebra invece una musica basata sull'improvvisazione, sull'evento, sul "lasciarsi andare"...

7) *Magazzini Generali* (via Pietrasanta)

Riesumati da un vecchio capannone industriale, di cui mantengono l'aspetto, i Magazzini Generali, grezzi e spogli (sembrano una grande cantina illuminata), si riempiono di musica il mercoledì, il giovedì e il sabato. E la musica (a volume altissimo, a volte anche troppo) è il piatto forte di questo locale, che ospita grandi dj internazionali, attentissimo alle novità ma anche alla voglia di divertirsi. Piuttosto selettivo all'ingresso.

8) *Black Hole* (via Cena)

"The sound of Universe" (come recita la pubblicità di questa discoteca) si diffonde in un locale "sobriamente spaziale", con la consolle costruita all'interno di un'astronavicella. La musica, al Black Hole, è decisamente commerciale, ma non manca di suggestioni originali, dalla lounge alla techno (e la domenica c'è anche spazio per blues e jazz). La cosa più bella, nell'ambientazione high-tech di stampo futuristico (ma che richiama l'idea di futuro che del futuro si aveva negli anni Sessanta dello scorso secolo, forse nel nostro immmaginario la più "classica"), è lo spazio, che è tanto (come nell'universo, peraltro), specialmente nella stagione mite, con 1800 metri di giardino dove è possibile bersi un drink in santa pace se se ne ha voglia o ballare, sempre se se ne ha voglia ovviamente.

9) *No-art gallery La Cueva* (via Vigevano, angolo via Gorizia)

La Cueva si ama o si odia. Ma è veramente folle odiare questo piccolissimo antro di energia creativa allo stato puro. È letteralmente un buco dove esposizioni di arte estrema, artisti d'avanguardia e disparati casi umani trovano accoglienza per la gioia di chi crede che ancora possa esistere una qualsivoglia forma d'arte nel terzo millennio (e non è un caso che, nel disvelamento delle trappole del business, la Cueva si dichiari "No-art gallery"). Il proprietario, ideatore e fondatore delle mitiche edizioni "Topolin" (sulle quali si potrebbe costruire un pezzo della storia della censura d'arte in Italia) quando non è in giro per l'Italia, vi aspetta nella piccola biblioteca all'ingresso. Alla Cueva si beve "vino buono della casa" e purtroppo si va via abbastanza presto, perché poco dopo le undici cala il sipario.

10) *Nephenta* (piazza Diaz)

È più facile vincere al totocalcio che riuscire a entrare al Nephenta, la più classica delle discoteche più lussuose di Milano, una sorta di miraggio per chi non è del giro buono. Quindi se non avete macchinona e fotomodella a disposizione non pensateci nemmeno. Si dice che le donne più belle di Milano (ma più che di Milano provengono dai paesi dell'Est) si trovino qui, a due passi dal Duomo. Specialmente quando non sono ancora abbastanza famose e alla ricerca di un produttore che le possa lanciare... La maggior parte delle splendide ragazze dell'Est che approdano a Milano in cerca di fama finiscono, riportava un noto settimanale in un servizio di fine ottobre 2003, per prostituirsi.

Pornomilano

A Milano (che come recita la famosa canzoncina "non resta mai con le mani in mano"), è incredibile, si fa sesso. Come nell'hinterland. In parte (nella parte emersa/sommersa del sesso a pagamento), con la stessa velocità e lo stesso spirito pratico con cui si affrontano le attività lavorative.

Milano frenetica.

Per cui. Basta leggere la storica rivista degli annunci della città, "Secondamano", o anche l'edizione milanese del "Corriere della Sera", per trovare una quantità esorbitante di annunci di persone che si prostituiscono. Del resto, diceva Brecht, ogni forma di lavoro è prostituzione, e a Milano si lavora.

L'argomento è sgradito ai più e dai molti praticato, nel solito spirito italico del fare e del non dire, ed è così che a Milano si discute regolarmente dell'opportunità di "togliere" dalla strada i travestiti che sbucano dalle auto parcheggiate in tripla fila per deporvi sul cofano la loro mercanzia.

La questione, ovviamente, è quella del decoro. Tutta esteriore quindi.

Dentro, Milano è una città dove la prostituzione vive un mercato floridissimo.

Mercato spietato e sull'orlo dell'inflazione.

È per questo che emerge sempre di più.

Tra le colonne degli annunci dei giornali riportati prima (ma basta fare un giro su qualunque motore di ricerca digitando "Milano + accompagnatrici" o "Milano + accompagnatori" e insomma ci siamo capiti) cominciano a emergere i "massaggi totali con prezzi speciali" e quindi i saldi ci sono tutto l'anno perché a Milano, che è una città dura e ad alta concorrenza, è difficile anche prostituirsi.

Numerosi sono i "dungeon" dove può andare chi ama farsi picchiare da una o più "mistress", mentre sterminate sono le offerte di rapporti sessuali in spirito "orientale" tendenti al ribasso assoluto ("Massaggi completi prolungati 30 euro": una sorta di "McDonald's del sesso", un capillare, diffusissimo "take-away erotico", concentrato per lo più in zona Loreto). Per i più facoltosi, ci sono diverse, camuffate (ma mica tanto) "agenzie" di modelle dove è facile, spendendo una marea di soldi, prenotare bellezze (quasi sempre dell'Est, come al Nephenta) per pomeriggi o notti o settimane, anche in gruppo. Ogni tanto uno scandalo fa chiudere, non si sa con quale criterio di selezione, uno dei molti "saloni di bellezza" della città in cui la bellezza è messa in vendita giocando sui limiti del "massaggio", limiti dati spesso per scontatamente valicabili. Insomma, i bordelli non sono mai stati chiusi, checché se ne dica e dir si possa.

Milano ha anche una sua piccola, diffusa "archeologia industriale" del porno, prossima al modernariato della memoria. È quell'universo in caduta libera che fu un tempo l'impero dei cinema a luci rosse, fino a una ventina di anni fa di poco inferiori, in città, ai cinema "normali". Oggi ne sono rimasti pochissimi, e sono più che altro luoghi di appuntamento per incontri gay frettolosi. Il mondo gay, a Milano, oggi, ha biblioteche istituzioni centri club di altissimo livello. Il cinema a luci rosse è un'altra cosa. È la persistenza di una sessualità voyeuristica e "comunitaria" (gruppale, maschile) che ha perso motivo d'essere con la diffusione prima del videoregistratore ed infine di Internet e del dvd. Templi di un rito masturbatorio collettivo ormai (labile) memoria storica di chi ha oggi trenta quaranta cinquant'anni. Ne sopravvivono delle rovine, ad esempio, in viale Bianca Maria, dove fa mostra di sé un fatiscente ex cinema porno, chiuso da una quindicina d'anni, guardando all'interno del quale si possono ancora vedere le quasi comiche immagini stilizzate di "donnine" mascherate, nere su sfondo rosso che promettono, tra calcinacci cadenti e ragnatele, "visioni tassativamente vietate ai minori di 18 anni".

Per anni, il luogo sacro dell'erotismo, a Milano, è stato il mitico Teatrino, in Corsia dei Servi, a pochi metri da corso Vittorio Emanuele. È lì che negli anni rampanti che hanno portato Ilona Staller dalle prime sconvolgenti trasmissioni osé alla radio fino in parlamento si sono esibite lei, Moana Pozzi e tutte le star e starlette del porno del giro di Riccardo Schicchi, il Larry Flynt italiano. Ci si entrava accolti da una signora anziana che staccava pigramente i biglietti e poi si entrava nel locale dove lo spettacolo live, con la pornostar di turno, in un trionfo di pornochic, tra scenari coloratissimi e imbarazzanti presenze (i serpenti che Ilona Staller usava in modo improprio), diventava presto "interattivo", almeno per la possibilità di "toccare" con mano le grazie di chi vi si esibiva. Il clima era goliardico e teso, un po' da eterno addio al celibato, al grido storico di "faccela vedè, faccela toccà", di dubbio idioma meneghino ma efficace ed estremamente chiaro. Il Teatrino ha poi chiuso per una lunga questione tra i proprietari dell'edificio (la curia milanese) e la società che la gestiva, incompatibilità che hanno portato all'archiviazione dei ricchissimi quanto confusi regni della memoria della capitale del Nord.

La Pornomilano ufficiale è oggi altrove.

Nel florilegio di club privé, spuntati negli ultimi anni come funghi.

Uno dei più "seri" è il Club Divina, in zona Centrale, che offre asilo a ogni tipo di esigenza sessuale di tipo non mercenario. E così al Club Divina singoli (molti, come in tutti i club privé), coppie (qualcuna, come in tutti i club privé) e singole (rarissime come in tutti i club privé) possono trovare una grossa discoteca dove fare amicizia con altri avventori per poi decidere se scendere nel "privé", con salottini e camere da letto corredate da docce, o addirittura arrischiare l'ingresso nella sala sadomaso, con gabbie, pali di legno a cui essere legati e tutto l'armamentario della sessualità più spinta, ovviamente sotto il controllo dei gestori affinché nessuno ecceda oltre i limiti del buon gusto e della non violenza. Il Victory Club Privé si trova invece in via Chiesa Rossa, sul Naviglio Pavese, ed è praticamente a conduzione famigliare. È gestito da Sally e Tom, che al locale, arredato in stile raffinato, un po' da bordello, ci tengono molto. Le cose avvengono al piano di sotto, dove ci sono un'anticamera con due tavolini, in stile Parigi anni Trenta e poi la sala vera e propria, circondata da specchi come sarebbe piaciuto a Gabriele D'Annunzio, il padre spirituale di questo genere di attività. La trasgressione è di casa anche all'Atmosphere Club Privé, in piazzale Tripoli, con arredamento anni Settanta e una grande quantità di strip-tease e spettacoli erotici dal vivo. Ambiente molto *free*, da locale alternativo americano dei gloriosi anni della rivoluzione sessuale al suo apice, un po' decadente. Il problema di questi locali è solitamente la mancanza o comunque la scarsità di frequentatrici, la qual cosa rende astronomici i prezzi d'ingresso dei singoli, che rischiano comunque di ritrovarsi da soli. A questo ovviano diverse delle agenzie di cui prima, che offrono "accompagnatrici" proprio per fingersi, con voi, l'altra metà della coppia ed abbattere il prezzo d'ingresso, anche se poi comunque dovrete pagare la "hostess" che vi accompagnerà (ovviamente tutto questo discorso è al maschile, come buona parte di chi è interessato a questo genere di attrattive milanesi ma anche in molte altre parti del mondo reperibili).

Secondo intermezzo. Milano tutta d'un fiato

Dio muove le mani sopra le acque prova il ritmo delle glaciazioni la forma delle successioni delle stagioni le caratteristiche morfologiche del paesaggio la fusione dei ghiacciai quaternari che hanno sommerso vasti tratti di costa in tutto il mondo scatenando circa settantamila chilometri cubici di pioggia o di neve sulle terre emerse del globo la progressiva creazione di paesaggi spianati dall'alternanza di periodi caldi e periodi freddi depositando estesissimi accumuli morenici facilitando gli spostamenti di spore e pollini fino a creare l'ultima ritirata dei ghiacci undicimila anni fa dando luogo alle migrazioni del popolo gallico dei Biturigi.

Durante il regno di Tarquinio Prisco sotto il comando di Ambigato si crearono le condizioni per i primi insediamenti stabili capoluoghi di tribù tra continue instabilità tumultuose inquietudini si impiantavano botteghe artigiane si tenevano fiere e mercati in occasione di feste religiose si scambiavano pelli carni salate formaggi tra il VI e il V secolo a.C.

Di essi della precedente età del ferro estesa dalle isole britanniche all'Italia settentrionale ci restano tracce sporadiche incisioni piediformi isolate o a gruppi petroglifi in guisa di punte di freccia incisioni antropomorfe zoomorfe sulle rocce nell'ideale pentagono che trova oggi i suoi vertici nei passi del San Bernardino e del Sempione e a Sud nelle città di Novara, Milano e Como.

Nel tempo per la propria posizione mediana ebbe rigoglio si sviluppò una borgata rustica un piccolo villaggio fondato dagli Insubri circondato da mura di biancospino fu chiamato Midland in seguito dai sopraggiunti romani fu chiamato Mediolanum.

Dopo la conquista della Gallia da parte di Roma la città crebbe ricca sappiamo da Polibio che nel II secolo a.C. a Milano cinquantadue chili e mezzo di grano costavano quattro oboli sappiamo inoltre che un viaggiatore pagava un tanto fisso di rado superiore a un semiasse ci sono un teatro un foro una zecca un circo dei templi e un edificio termale.

Dal 49 a.C. la città con il circostante territorio era diventata un *municipium* ossia godeva degli stessi diritti aveva una certa autonomia con magistrati di propria elezione atti a conciliare il diritto locale con il diritto romano a definire il numero e le attribuzioni dei magistrati tra tutte le leggi emanate dalla città di Milano ai propri albori la più celebre fu la *lex julia municipalis* promulgata da Giulio Cesare nel 45 a.C. Altre fonti ci assicurano che a Milano fiorivano industrie tessili metallurgiche fabbriche di armi forniture militari è attestata la forza contrattuale della congregazione dei mercanti primi ad essere colpiti durante l'insurrezione popolare del 385 d.C. contro Valentiniano II imperatore.

La fama di Milano si forma durante il periodo imperiale e specialmente nell'ultima fase dell'impero Milano svetta sulle altre città per la sua ricchezza mentre i municipi curvavano sotto il peso di una crisi economica che inaridiva le fonti di ogni prosperità riducendo il consiglio comunale a ufficio imposte fino alla morte di Teodosio I alla formazione della corte imperiale a Milano sotto Massimiliano Augusto.

La diminuzione del traffico inflitta dalle piraterie vandaliche a Genova Marsiglia in tutti i porti della costiera gallo-italica del Mediterraneo aumentava il commercio e la fortuna di Milano rimasta nell'ombra durante i regni di Teodorico di Amalasunta di Teodato dilaniata dai conflitti tra gli ariani e i cristiani sopravvissuta di volta in volta alle invasioni degli Unni dei Goti.

Con il dominio bizantino alla fuga dei Goti risorge sotto l'egida dei vescovi partecipi all'elezione degli altri magistrati della città restaurata dal generale Narsete lontana comunque dai fasti passati cade nel 569 in mano ai Longobardi.

Durante l'interregno in cui i Longobardi si spartiscono il territorio conquistato in trentasei ducati Milano diventa capitale del ducato che porta il suo nome il duca risiede stabilisce la propria dimora nella Curs Ducis approssimativamente l'attuale piazza Cordusio.

E arriva Carlo Magno fa fuori Desiderio ultimo re longobardo nel 774 ma alla sua morte nell'814 l'impero si disgrega nel caos del feudalesimo a Milano emerge l'arcivescovo Ansperto che acquista nuovi territori fa erigere svariate chiese prima dell'arrivo di Bonizone il tiranno ucciso dal popolo attorno all'anno Mille.

Mentre continuano estenuanti guerre tra vassalli e valvassori che si protraggono fino al 1037 quando Corrado II il Salico pone fine alle controversie sancendo l'ereditarietà dei feudi minori provocando la reazione borghese che scaccia i nobili da Milano favorendo la nascita della pataria un movimento che si propone la trasformazione radicale della Chiesa.

Si crea allora una nuova aristocrazia nasce il comune con i consoli che amministrano la città con i vescovi con la costruzione di due canali navigabili uno dei quali è il Naviglio Grande il primo canale navigabile del mondo.

Il comune di Milano viene riconosciuto dall'imperatore la città cresce si arricchisce suscitando le ire di Federico Barbarossa che assedia due volte la città costringendola alla resa fino a che un esercito alleato di cremonesi mantovani bergamaschi non lo costringe a sua volta alla resa.

Milano continua a crescere Federico II marcia più volte sulla città più volte sconfitto dagli eserciti delle città alleate mentre continuano le lotte interne i contrasti tra le opposte fazioni.

Nella seconda metà del 1200 Napo della Torre diventa dittatore viene sconfitto a Desio da Ottone Visconti arcivescovo che prende il potere che rimarrà della sua famiglia per circa centocinquanta anni tra continui conflitti l'inizio della costruzione del Duomo nel 1386 con il progressivo allargamento del potere della famiglia Visconti che diventa la seconda signoria d'Italia.

Nel 1447 Francesco Sforza prende d'assedio la città che capitola affamata si distingue per generosità e magnanimità fino alla pestilenza che uccide oltre trentamila persone Francesco muore arriva suo figlio Galeazzo Maria che viene ucciso arriva Leonardo da Vinci il potere viene assunto da Ludovico fratello di Galeazzo Maria nuovo padrone di Milano.

Ludovico sposa Beatrice d'Este sconfigge re Ferdinando nel 1494 convince Carlo VIII a scendere in Italia per combattere al suo fianco subito dopo lo costringe a riparare in Francia.

Nel 1499 Milano cade in mano francese nel 1524 un'epidemia uccide ottantamila persone riprende virulenza e spopola nel 1528 nel 1535 il potere passa in mano spagnola.

Si accavallano susseguono anni bui emergono le figure di Carlo e Federico Borromeo con successioni irregolari di pestilenze nel 1576 muoiono diciassettemila persone nel 1629 più di settemila Milano resta isolata fino al 1689.

Con l'arrivo di Eugenio di Savoia nel 1706 Milano diventa austriaca la Francia dichiara guerra all'Austria si prende Milano ritornano gli austriaci viene riformato il catasto abolito l'ordine dei gesuiti bruciato il teatro Ducale costruito il teatro alla Scala viene messa la Madonnina sul Duomo nasce Alessandro Manzoni.

Nel 1796 arriva Napoleone l'anno dopo crea la Repubblica Cisalpina si oppone agli austriaci arriva Stendhal nasce la Repubblica italiana viene terminato il Duomo anche se i lavori continueranno all'infinito viene aperto il Naviglio Pavese Napoleone si fa proclamare imperatore nel Duomo di Milano fino a che Napoleone abdica esplode la rivolta entra in città il commissario austriaco Annibale Sommariva viene ultimato l'atrio trionfale di Porta Ticinese.

Dal 1832 in progressione viene inaugurata la galleria De Cristoforis compaiono i primi omnibus ha successo il primo esperimento di illuminazione a gas.

Pio XI diventa papa esplode il Quarantotto i soldati imperiali vengono scacciati Milano viene annessa al Piemonte i piemontesi vengono sconfitti ritornano gli austriaci viene arrestato Silvio Pellico si sviluppano le industrie tessili metallurgiche metalmeccaniche gli austriaci abbandonano definitivamente Milano nel 1859.

Napoleone II e Vittorio Emanuele entrano trionfalmente in città Vittorio Emanuele assume il titolo di re d'Italia vengono realizzati la galleria Vittorio Emanuele il cimitero Monumentale nel 1872 si verificano i primi scioperi nel 1876 esce il primo numero del "Corriere della Sera" nel 1883 nasce la società italiana di elettricità con il sistema Edison di seguito viene fondato il Touring Club.

Scoppia il Novantotto vengono uccise 83 persone in quattro giorni nel 1899 nasce il Milan Cricket and Football Club mentre da una scissione del Milan l'Inter nasce nel 1908 nel 1914 scoppia la prima guerra mondiale.

Nel 1916 il primo bombardamento causa quattordici morti quaranta feriti nel 1918 l'anno della vittoria Milano è colpita da un'epidemia influenzale che miete seimila vittime

Mussolini organizza il Partito fascista con sede in via Paolo da Cannobio Angelo Motta inventa il panettone i fascisti assaltano le sedi dei giornali a loro avversi nel 1922 si impadroniscono di palazzo Marino Mussolini diventa capo del governo nel 1923 si inaugura la Fiera Campionaria nel 1926 viene inaugurato lo stadio di San Siro scoppia la seconda guerra mondiale nel 1942 un bombardamento inglese fa settecento vittime nel 1943 Milano è occupata dai nazisti inizia la resistenza Mussolini viene ucciso e appeso in piazzale Loreto nel 1945 inizia la ricostruzione.

Il 28 giugno 1946 Enrico De Nicola è il primo presidente della Repubblica si dimette viene rieletto nasce il totocalcio vincono i democristiani il grattacielo Pirelli è il più alto d'Italia inizia il centro sinistra viene nazionalizzata l'energia elettrica arrivano gli immigrati dalla Bassa Padana dal Veneto dall'Emilia dalla Toscana dalle vallate delle Prealpi lombarde dal meridione d'Italia.

Arrivano gli hippy le controculture il Sessantotto salta per aria piazza Fontana viene ucciso Pinelli ci sono *Canzonissima* l'austerity il referendum per il divorzio si diffondono i surgelati la repressione poliziesca in Milano e nelle principali città d'Italia vere e proprie guerriglie quotidiane nascono Edilnord Italcantieri Fininvest Srl Milano 2 Milano 3 nel 1977 inizia *Happy Days* nel 1978 nasce Telemilano Aldo Moro viene assassinato a Roma Milano viene messa sotto misure cautelative eccezionali.

Nel 1979 Silvio Berlusconi è presidente del nuovo gruppo Fininvest crescono il Partito socialista di Bettino Craxi la globalizzazione mondiale la canzone *Sbirulino* arriva alla sessantanovesima posizione dei quarantacinque giri.

Craxi diventa capo del governo nascono i paninari muore Claudio Villa crolla il Muro di Berlino nasce la terza linea della metropolitana Mario Chiesa presidente del Pio Albergo Trivulzio viene arrestato mentre cerca di buttare i soldi nel water arrivano *Beautiful* Tomba Di Pietro la Seconda Repubblica a Milano in piazza Cordusio chiude Burghy sostituito da un secondo McDonald's la città continua a espandersi le aree dismesse della Bicocca alla periferia nord di Milano dove un tempo c'era la fabbrica dei pneumatici Pirelli viene ristrutturata con interventi di indubbia qualità architettonica all'interno dell'area articolata in sequenza di percorsi pubblici e privati proponendo l'idea di una realtà non periferica ma del tutto urbana dimostrando come la complessa ininterrotta espansione della città possa con l'apporto di cultura sensibilità e intelligenza rinnovare positivamente il paesaggio mentre in televisione si susseguono le guerre del Golfo del Kosovo dell'Afghanistan dell'Iraq...

“Il salotto di Milano, ritrovo delle signore e dell’élite della città”...

Titolo: Via Montenapoleone
Anno: 1986
Regia: Carlo Vanzina
Sceneggiatura: Enrico Vanzina, Carlo Vanzina, Jaja Fiastri
Attori: Luca Barbareschi, Renée Simonson, Carol Alt, Johan Bramberger, Sharon Gusberti, Paolo Rossi, Fabrizio Bentivoglio, Corinne Clery, Renzo Ozzano, Serena Cantalupi, Marisa Berenson, Renato Scarpa
Costumi: Bruna Parmesan, Marina Straziota
Musiche: Beppe Cantarelli
Scenografia: Ennio Tichettoni, Antonio Formica

“Via Montenapoleone, il salotto di Milano, ritrovo delle signore e dell’élite della città”... con questa sigla inizia uno degli ormai sterminati episodi della saga dell’Italia vista dai Vanzina, quello di cui sopra possiamo leggere i dati.

Ovviamente, come per gli altri episodi dell’Italia secondo i Vanzina, il film non è né bello né brutto, anzi è bello (detto in chiave postmoderna; sotto occhi più militanti, cioè sostanzialmente critici, con la vetusta arma del buon senso, fa francamente schifo): sicuramente è interessante perché mette in luce, secondo il sentire (mediatico) comune e non certo facendo opera di ricognizione della realtà, quell'immagine della "Milano da bere" di craxiana memoria, del rampantismo snob tutto lusso sfarzo bellezza manager top model che ancora, sempre più risicata resiste, oltrepassate le soglie del Terzo millennio, proprio nella via dello shopping per portafogli super capienti.

In fondo, sotto l'aspetto della volontà di custodire la propria immagine e la propria storia, via Montenapoleone è un po' come il Centro Sociale Leoncavallo.

Cioè. Il simbolo della Milano che resiste allo strapotere del business e del lusso e il simbolo della Milano che nel business e nel lusso trova il centro della propria vita, appartenenti il primo più che altro agli anni Settanta e il secondo al decennio immediatamente successivo, rimangono lì, nella città che strato dopo strato, decennio dopo decennio, muta e si rinnova tenendo ferme delle icone, fino a che resistono.

Più che nel film dei Vanzina, il clima della Milano godereccia degli inizi degli anni Ottanta è espresso con grande forza nel film *Facce da festa*, di Studio Azzurro di Paolo Rosa e Fabio Cirifino, una delle istituzioni artistiche di Milano, dalle prime sperimentazioni "multimediali" alle attuali, sofisticatissime opere messe in scena in tutto il mondo (www.studioazzurro.it).

Facce da festa era un ritratto estremamente realistico della vivacissima fauna umana che popolava Milano poco più di due decenni fa, quando la militanza politica esplose in mille anarchiche invenzioni di ego, e per un momento trasformò Milano in una fucina di personalità che il lusso, ma forse ancora di più la "convenzione del benessere" sommersero da lì a poco, rendendo presto omogeneo, unidirezionale, quello che di Milano in tutta Italia (ma anche all'estero) si definì presto. Una sorta di algido laboratorio della "tendenza", o meglio delle "tendenze" che contano, e si pagano care.

In via Montenapoleone, e nella vicinissima via della Spiga, continua a fare mostra di sé il "vetrinificio" del meglio della produzione mondiale a livello di mondiale accettazione (il ricchissimo aeroporto di Abu Dhabi, negli Emirati Arabi Uniti, cerca di imitare via Montenapoleone, e ci riesce, così come accade in certi angoli ricostruiti ad arte addirittura a Shibuya, a Tokyo, dove i giovani nipponici non riescono a rinunciare all'idea di avere sottomano la "Milano da bere"). Ci si va, come si va nei salotti, per guardare un po' chi c'è e per farsi vedere, oltre che per comprare.

Per quanto riguarda il vedere, effettivamente è attorno a questa zona che si concentrano la maggior parte di agenzie per fotomodelle di Milano. Quindi se ne consiglia la frequentazione a chi ha voglia di vedere molte fotomodelle, anche se nella maggior parte dei casi, in tuta e scarpe da tennis, le fotomodelle fuori dagli studi fanno meno effetto di come appaiono poi sui servizi fotografici, ma il fascino della realtà sopravvive ancora. In metropolitana, a Milano (con punte in fermate come Stazione Centrale, Duomo, San Babila e ovviamente Montenapoleone, punti di transito e di arrivo) c'è la zona delle fotomodelle. Stanno nascoste in uno dei due angoli, a seconda di dove non c'è gente. A destra o a sinistra. Le fotomodelle si riconoscono subito (per l'altezza, il portamento, i lineamenti, anche se struccate e vestite in modo tutt'altro che appariscente) e attraggono l'attenzione. Dei maschi per ovvi motivi e delle femmine per studiarne a fondo il corpo alla ricerca di eventuali e impossibili da non rilevare difetti. Ed è per questo che vanno ad isolarsi, con il volto minaccioso, dagli sguardi indiscreti di chi le spia per fantasticarci sopra o per riportarle attraverso l'esercizio della critica sulla terra. Quindi, se siete mettiamo alla fermata del metrò di Montenapoleone, guardate in fondo perché da una parte o dall'altra molto probabilmente c'è una fotomodella ma non avvicinatevi perché si allontana.

Montenapoleone e via della Spiga offrono alla vista del turista le più prestigiose marche italiane e non, con *stores* e saloni che si distinguono quasi sempre per l'abbondanza di spazi vuoti. I negozi sono un po' come le case. Le case dei poveri sono piene di cianfrusaglie, cariche di soprammobili e souvenir. Così i negozi. Le case dei ricchi, spaziose, non hanno motivo di saturarsi di superfluo perché quello che c'è, se vale, vale più di mille cianfrusaglie. E la stessa cosa, ovviamente e ancora, è per i negozi, che diventano *stores*, saloni, empori. L'elenco dei lussuosissimi *stores* saloni e empori di via Montenapoleone e via della Spiga è lungo.

Ecco alcuni nomi, marchi, griff che hanno la loro apoteosi in questa istituzione metropolitana:

Il Salumaio di via Montenapoleone. Dove mortadella e prosciutto diventano charme, performance, status sociale; con uno spaventoso, curatissimo reparto enoteca.

Ungaro. "I miei vestiti parlano al posto mio", dice Emanuel Ungaro. E anche il suo negozio, al 6/a di via Montenapoleone.

Montblanc. Non solo penne, ovviamente. Ma anche orologi, profumi, diari e agende in pelle. Di un'eleganza estremamente tradizionale.

Ralph Lauren. Per chi fa polo, nel senso di sport, e per chi ama indossare gli omonimi capi di vestiario al top della moda più sobria, ricca nella sostanza, esibita e nascosta allo stesso tempo, secondo tradizione inglese.

Fratelli Rossetti. Momi Lorenzi ha progettato il look di questo elegantissimo *store*, non per tutti, ovviamente. Come recita lo slogan: "Un certo mondo cammina Rossetti".

Mario Bucellati. Uno dei negozi più storici della strada dello shopping di lusso. Vende argenteria e gioielleria. In via Montenapoleone, si trovava al civico n. 4 dal 1967 al 2003. Attualmente si trova al n. 23, nell'elegantissimo palazzo Gavazzi.

Miss Sixty. Lusso aggressivo come gli anni a cui si ispira, anche se il mix di glamour e soft punk che lo caratterizza è più marchiato anni Settanta. Questa catena internazionale è a Milano in via Montenapoleone 17, ma anche in via Solferino e al Coin di piazza Cinque Giornate. Inutile dire che il negozio di via Montenapoleone, per adattarsi all'ambiente, è il più elegante della metropoli.

Bandinini. Lo *store* di Bandinini – le sue scarpe da donna sono veramente sexy – sembra elaborato al computer, con grafica in 3d, piramidi metalliche come quelle che si vedevano nel primo episodio della saga di Tomb Raider e geometrie spigolose, evanescenti. In via Montenapoleone al 15.

Helmut Lang flagship store. In via della Spiga, all'11. Scabro, essenziale, lussuosissimo, come i suoi vestiti.

E poi ancora *Alberta Ferretti* (via Monenapoleone 21/a), *Alviero Martini Prima classe* (via Montenapoleone 26), *Armani le collezioni* (via Montenapoleone 2) e *Junior* (via Montenapoleone 10), *Bally* (via Montenapoleone 8), *Borsalino* (via della Spiga 42), *Cerruti 1881* (via della Spiga 20), *Diego della Valle Tods* (via della Spiga 22) e *Hogan* (via Montenapoleone 23), *Dolce e Gabbana* (via della Spiga 2 e 26), *Etro* (via Montenapoleone 5), *Salvatore Ferragamo* (via Montenapoleone 3), *Genny* (via della Spiga 4), *Iceberg* (via Montenapoleone 10), *Krizia* (via della Spiga 23), *Louis Vuitton* (via Montenapoleone 2), *Marina Spadafora* (via della Spiga 52), *Mario Valentino* (via Montenapoleone 10), *Mimmina* (via della Spiga 31), *Moschino* (via della Spiga 30), *Prada* (via della Spiga 1 e 5), *Romeo Gigli* (via della Spiga 42), *Scavia* (via della Spiga 9), *Sergio Rossi* (via della Spiga 15), *Valentino* (via Montenapoleone 3 e 20), *Versace* (via Montenapoleone 11), *Vierre* (via Montenapoleone 29).

Ci sono tutti, i grandi nomi?
Non tutti.
Ma quasi. Concentrati in due strade.

Un discorso a parte, nel mondo del bel mondo milanese, meritano invece Prada e Fiorucci, differenti interpreti e protagonisti della moda e del consumo made in Milano.

Fiorucci ha ceduto il suo delirante, stupendo megastore di piazza San Babila, vero paradiso del multietnico globalizzato coloratissimo divertente inutile indispensabile a Hennes & Mauritz, catena internazionale vicina a Fiorucci almeno nella concezione di una moda stravagante e alla portata di (quasi) tutti.

Le vetrine di Fiorucci hanno fatto la storia di Milano.

Per trentasei anni ne hanno rappresentato l'apice della creatività al massimo dell'ispirazione e ad un prezzo di vendita accessibile (nel 2000, al palazzo dell'Arengario, Milano ha dedicato a Elio Fiorucci una retrospettiva della sua produzione, ormai museificabile, ma non certo per questo superata).

Le vetrine di Fiorucci erano il luogo in cui Dalì e Warhol, con un pizzico di Walt Disney, ma anche di immaginario pornografico, si fondevano in un'irresistibile cascata di pop art mercificata ma anche resa oggetto quotidiano, e di consumo. Ai milanesi, ma anche a tutti i turisti che ne dovranno fare a meno, mancherà.

Prada, oltre ai suoi capi di abbigliamento e alla sua nuova linea di cosmetici, è la quintessenza della formula alchemica che sposa praticità e massimo della ricerca. Una semplicità geometrica, spiazzante è la sua scelta di stile.

Ce ne si può fare un'idea visitando il sito www.prada.it.

Ma anche (per confrontarlo poi con il precedente) l'internazionale www.prada.com.

A Milano, però, Prada è innanzitutto la sua fondazione, in via Fogazzaro 10, dove si sono tenuti alcuni degli eventi e delle mostre più importanti degli ultimi anni.

Prada risale agli anni Dieci di questo secolo, quando Mario Prada, che produceva bauli e borse in pelle, ha studiato il suo negozio di galleria Vittorio Emanuele II come la bottega dove si potessero acquistare accessori di moda in grado di durare ben oltre una stagione.

Passerà poi alla nipote Miuccia, appassionata di teatro (che studia al Piccolo alla fine degli anni Settanta) e laureata in scienze politiche.

Il marchio nasce nel 1988, con la prima collezione Prada donna.

Nel 1993 nasce Miu Miu, la linea per ragazze improntata alla stessa eleganza di quella per "signore".

Sempre nel 1993 nasce Prada uomo.

Poi un sacco di premi in tutto il mondo, la fama internazionale che cresce.

Nel 1993 nasce anche PradamilanoArte, che nel 1995 diventa la Fondazione Prada.

La figura del mecenate tende oggi a sparire. Sotto la doppia, mortale lama del rifiuto della "sponsorizzazione dell'arte" (retaggio di un vecchio ideale romantico, utopico e fuori dal tempo) e dall'altra parte dell'effettiva mancanza di imprenditori disposti a investire parte del loro capitale nel lavoro di giovani artisti.

La Fondazione Prada, nei suoi pochi ma intensissimi anni di attività, ha non solo promosso artisti contemporanei, ma aderito a progetti di intervento sul territorio urbano, di modifica e discussione della cultura cittadina.

Come con l'installazione permanente di Dan Flavin per Santa Maria Annunciata in Chiesa Rossa, e con la performance *Dal vivo* di Laurie Anderson in interazione con il carcere di San Vittore, con un episodio di "fuga", per quanto virtuale, di un detenuto all'interno della Fondazione...

E questo, è quanto Milano ha saputo fondere della sua immagine di emporio del nuovo e del suo commercio senza tradire le reali tendenze innovative.

Quelle che si chiamavano e si chiamano malgrado i tempi, in questi tempi, arte.

Il "Cenacolo" alla moda eterna

Anche se Hegel, che non era di Milano ma sapeva tante cose del mondo, dove anche Milano si trova da svariati secoli (cfr. *Secondo intermezzo. Milano tutta d'un fiato*), definiva la moda come "movimento dello Spirito nel tempo", la tradizione vuole che la moda sia considerata effimera di fronte ai veri capolavori dell'arte.

C'è qualcosa di fastidioso, di superato in questo luogo comune, un po' professorale, ma non ne siamo esenti.

Nessuno.

A Milano, il vero capolavoro dell'arte, o meglio, il Vero Capolavoro dell'Arte di Tutti i Tempi, è il *Cenacolo* di Leonardo da Vinci, più noto come *L'ultima cena*, che si trova nel refettorio della chiesa di Santa Maria delle Grazie, in corso Magenta.

Visitarlo è d'obbligo, ma presenta alcuni svantaggi o, se si vuole, delle peculiarità che lo rendono, insieme alla *Gioconda*, sempre di Leonardo!, difficile da gustare appieno. Non fosse altro che...

Prendiamo l'esempio della *Gioconda*, che è il prototipo sommo di Vero Capolavoro dell'Arte di Tutti i Tempi.

La *Gioconda* sta al Louvre, che sta a Parigi.

Il Louvre è pieno di Capolavori dell'Arte di Tutti i Tempi, ma la *Gioconda*, che è forse Il Capolavoro dell'Arte di Tutti i Tempi Più Importante, quello che nessuno può permettersi di non conoscere, costituisce una cosa a sé.

È l'unico quadro reso letteralmente invisibile, o quasi, dalla sua fama. Infatti il celeberrimo ritratto di donna di Leonardo da Vinci è l'unica opera esposta nel Louvre a essere protetta da un doppio strato di vetri sui quali si vedono riflesse più le facce degli altri amanti dell'Arte Somma che non il quadro in sé. Che tanto tutti hanno già visto in migliaia di riproduzioni, da quelle usate fino alla nausea in pubblicità, alle infinite riproduzioni sugli oggetti più disparati per arrivare (o meglio, partire) alle irriverenti parodie di Duchamp, che la ritraeva con i baffi.

Il *Cenacolo* è messo meglio, ma non è un caso che Andy Warhol, il più grande intuito nel cogliere il valore di ossessione collettiva di un'opera d'arte, abbia dedicato alcuni dei suoi ultimi lavori a delle rielaborazioni in chiave pop, smaccatamente "svilente", del capolavoro di Leonardo, riproducendolo in colori acidi e con sovrapposizioni di marche di prodotti per la cucina e l'igiene personale (il logo del sapone Dove, ad esempio, uno dei più amati da Warhol).

Il *Cenacolo*, insomma, è qualcosa di più di un dipinto.

È un simbolo.

E i simboli perdono una delle caratteristiche che l'arte non dovrebbe perdere mai.

La fruibilità.

La possibilità di essere serenamente contemplati.

Con calma.

I simboli sono l'aspetto mondano dell'arte, il loro chiassoso uscire dal tempio delle Muse per entrare in quello, apparentemente opposto, apparentemente lontano, della moda.

Ma vediamo un po' la storia.

Leonardo da Vinci lo ha dipinto tra il 1494 e il 1498. Essendo un genio, Leonardo era bizzarro e alcuni giorni dipingeva dalla mattina presto a notte fonda, mentre altre volte rimaneva una settimana senza fare nulla. Fatto sta che ci mise moltissimo. Leonardo lavorava su commissione di Ludovico il Moro, il magnate dell'arte lombarda nel Rinascimento.

Ludovico non sopportava molto che Leonardo ci mettesse un sacco di tempo per dipingere l'opera. Ecco un frammento di una sua lettera, indirizzata a un amico, del 29 giugno 1497: "Havemo summamente a core... de solecitare Leonardo Fiorentino perché finischa l'opera del Refettorio delle Gratie principata" ecc...

L'opera ebbe fine l'anno successivo, anche se in realtà diede inizio al suo perenne lavoro di restaurazione (terminato, almeno per ora, nel 2001), necessario perché Leonardo dipinse con una tempera sopra una preparazione di due strati di gesso del tutto inadeguata, che non resse all'umidità.

Nel 1568 il grande critico dell'arte ci vedeva una "macchia abbagliata", e con il tempo sono emerse muffe e fiori di salnitro, rendendo sempre più evanescente il disegno che a questa sua debolezza quasi fisiologica, organica, deve parte della sua unicità. Comunque, oltre ad essere di per sé piuttosto cagionevole di salute, il *Cenacolo* ha sofferto nel tempo degli oltraggi dei mercenari francesi nel Millecinquecento e dei soldati di Napoleone, che ci scarabocchiavano sopra.

E poi ci sono state le decine di restauri sommari, che spesso altro non facevano che peggiorare lo stato dell'opera originale (D'Annunzio, preoccupato per lo sfacelo in cui versava il capolavoro all'inizio dello scorso secolo, scrisse un accorato *Ode in morte di un capolavoro*, del 1901), e il bombardamento aereo del 1943, che distrusse quasi completamente il refettorio ma lasciò miracolosamente illeso il lavoro del Fiorentino, già provato dal tempo.

Il *Cenacolo* di Leonardo, insomma, oltre a essere una delle mete obbligatorie per chi vuole visitare Milano, è simbolo della caducità ma anche della forza di resistenza dell'arte, del suo resistere, attraverso il tempo, agli accidenti della sorte e alle malefatte umane.

Ecco come ne parlava Mark Twain, in visita a Milano, da turista *yankee* nella vecchia Europa, nel 1867: "Qui a Milano, in un'antica chiesa in rovina, ci sono i resti pietosi del più celebre dipinto del mondo, *L'ultima cena* di Leonardo da Vinci. Noi siamo tutt'altro che infallibili giudici in fatto di pittura, ma non mancammo di andarci per vedere questo meraviglioso dipinto, un tempo così bello e adorato in ogni epoca dai maestri dell'arte e destinato alla fama eterna in prosa e in poesia. Lì giunti, ci rifilarono a tutta prima un foglietto ancora fresco dell'inglese più sciagurato. Leggine un pezzo. 'Bartolomeo (cioè la prima figura a sinistra che guarda) incerto e dubbioso su ciò che pensa di essere udito, e su cui vuole essere rassicurato da lui stesso su Cristo e da nessun altro'... Bene, vero? E poi Pietro è descritto 'nell'atto di discorrere con Giuda Iscariota in maniera irata e minacciosa'. La frase richiama alla mente lo stato dell'affresco. *L'ultima cena* è dipinta sulla rovinosa parete di quella che doveva essere una cappellina unita un tempo alla chiesa principale. È graffiata e scalcinata da ogni parte, il tempo l'ha maculata e scolorita, mentre i cavalli dell'esercito napoleonico hanno scalciato gran parte delle gambe dei discepoli allorché costoro (i cavalli, non i discepoli) vennero acquartierati qui più di mezzo secolo fa. Riconobbi il vecchio dipinto all'istante e il Signore con la testa reclinata seduto al centro di una lunga, rustica tavola sulla quale sono sparsi piatti e frutta, con sei discepoli dalle lunghe vesti dall'uno e dall'altro lato, intenti a conversare. Si tratta dell'affresco dal quale, da tre secoli, vengono tratte copie e incisioni. Con ogni possibilità nessuno ha conosciuto un altro tentativo di dipingere l'ultima cena del Nostro Signore. Da tempo ormai è invalsa la convinzione che non sia possibile superare la creazione di Leonardo da Vinci. Penso che i pittori continueranno a copiare l'affresco finché resterà visibile. Nella sala c'erano decine di cavalletti e altrettanti artisti intenti a trasferire il dipinto nelle loro tele. Attorno c'erano una cinquantina di prove di stampa di incisione o litografie. Come sempre non potei fare a meno di osservare come le copie fossero superiori all'originale, o perlomeno tali sembrarono al mio occhio inesperto. Dovunque sono opere di Raffaello, di Rubens, di Michelangelo, dei Carracci, di Leonardo (le vediamo tutti i giorni), non mancano artisti intenti a copiarle, e le copie sono sempre più belle degli originali. Può darsi che questi ultimi fossero migliori da nuovi, così comunque non sono attualmente. L'affresco è lungo una trentina di piedi e alto dodici, così mi sembra, e le figure sono metà delle grandezza naturale. È una delle pitture più grandi d'Europa. I colori si sono sbiaditi nel tempo, i volti sono rovinati e squamati e hanno perso quasi ogni espressione. I capelli sono diventati un inerte garbuglio sulla parete e gli occhi non hanno più alcuna vitalità. Sono gli atteggiamenti gli unici ad essere rimasti bene identificabili. La gente viene qui da ogni parte del mondo e esalta questo capolavoro. Se ne stanno in piedi incantati al suo cospetto con il fiato sospeso e la bocca aperta e quando proferiscono verbo, si tratta solo di espressioni di meraviglia:

'Meraviglioso!'

'Quale espressione!'

'Che grazia di atteggiamento!'

'Che impeccabile disegno!'

'Che colori impareggiabili!'

'Quali sentimenti!'

'Che delicatezza di tocco!'

'Che concezione sublime!'

'Una visione! Una visione!'

Invidio questa gente, ne invidio l'onesta ammirazione, se onesta è, e il piacere, se provano piacere. Non serbo rancore a nessuno di loro. Eppure non posso fare a meno di pensare: come fanno a vedere quello che non si vede? Che pensereste di un individuo il quale, guardando una vecchia adescatrice, dicesse: 'Che bellezza impareggiabile! Che anima candida! Che espressione!'.

Costui ha il talento di evadere cose che non esistono. Ecco quel che pensai sostando dinnanzi all'*Ultima cena*, ascoltando gente che esaltava qualità scomparse cento anni prima che loro fossero nati. Sono convinto che l'occhio dell'artista provetto può soffermarsi sull'affresco di Leonardo e rinnovarne il fastigio, ricostruire espressioni dissolte, disegnare, colorare e fare affiorare sulla sorda parete le figure quali furono dipinte dal maestro. Ma io non posso compiere un simile miracolo. E gli altri visitatori ispirati ci riescono, o s'immaginano soltanto di riuscirci?".

Oggi il *Cenacolo*, degnamente restaurato, si visita da martedì a domenica, dalle otto e quindici alle diciotto e quarantacinque. La biglietteria è aperta dalle otto alle diciannove. Il biglietto intero costa circa sette euro, ed è gratuito per i cittadini dell'Unione europea minori di 18 anni e maggiori di 65, con prenotazione obbligatoria. Si possono prenotare visite didattiche. Giorni di chiusura, tutti i lunedì e Capodanno. La visita è a tempo, poi bisogna lasciare posto agli altri turisti ed amanti del Vero Capolavoro dell'Arte di Tutti i Tempi.

Per chi ci riesce, lì, ad immedesimarsi.

Come ai tempi di Mark Twain.

Nel cuore, poco consono a battere al tempo del cuore delle Muse, di quella che Henry James, un secolo e mezzo fa, definì "l'ultima delle capitali prosaiche".

La più efficiente.

Che si può percorrere attraverso (o attraversare percorrendo) le sue linee metropolitane, di cui ci occuperemo nel capitolo successivo, dal suggestivo titolo *My Nation Underground*.

“My Nation Underground”

Nel cuore di Milano

Con un po’ di fantasia, il perimetro che delimita l’area urbana di Milano potrebbe assomigliare a un cuore umano (almeno la Milano raffigurata nel sito dell’Atm, l’Azienda Trasporti Milanesi). E così come è collocata, in alto (troppo in alto però alla similitudine che stiamo per fare), all’estremo opposto dello Stivale che affonda nel mare, Milano sarebbe quindi una specie di cuore della ridente nazione nella quale viviamo, cuore in cui ogni giorno transita massiccio il sangue della Patria, ossia la vita dei suoi indaffarati cittadini.

Insomma.

Il sangue della Patria.

Per dire.

Vabbè.

Ormai ci siamo e andiamo avanti nella metafora.

Se i cittadini e la loro laboriosità, che per forza di cose si esercita attraverso il movimento, sono il sangue di Milano che scorre attraverso la metropoli, le tre linee del metrò sono le arterie coronarie che la attraversano.

In qualche modo è così.

Se fossimo a scuola e questo fosse un tema saremmo su un terreno minato, ma essendo una guida d'autore alla città di Milano, si apprezzerà l'ardire delle immagini, e la loro efficacia.

Proseguiamo.

(Parentesi). Le arterie di cui stiamo parlando in realtà non sono tre, ma tre e mezzo, essendosi aggiunto da qualche anno il cosiddetto passante metropolitano, che è poi è una linea metropolitana a sua volta, ma più breve delle altre, e ha lo scopo di collegare tra loro alcune stazioni dei treni. (Parentesi chiusa).

La nazione sotterranea

La metropolitana è una specie di cittadina milanese sotterranea. Un non-luogo per eccellenza. E quella di Milano sa di essere tale più di qualunque altra metropolitana europea. È difficile riconoscere le fermate del metrò (che a Roma si dice "metro", con l'accento sulla prima sillaba). A Parigi, ogni fermata è diversa dalle altre. Anche a Berlino. A Torino non lo si sa ancora. A Milano le differenze riguardano le tre linee (e mezzo).

La prima è rossa.

La seconda è verde.

La terza è gialla.

La mezza (il passante) è blu.

Muovendosi all'interno di essa, il colore dei cartelli indica verso quale delle linee si sta andando, o ci si trova.

La linea gialla, che è la più recente delle linee lunghe, è la più "moderna". È molto illuminata. È lucida. È colorata. Le stazioni sono colorate. I treni anche. Almeno spesso. È un po' algida.

Il passante è ancora poco frequentato.

Sembra che la maggior parte dei milanesi non siano al corrente della sua esistenza.

È sviluppato su spazi sproporzionati ed ha un sapore di archeologia industriale ammodernata, qualcosa di sinistro e famigliare allo stesso tempo. Diciamo che è la rete ferroviaria sotterranea più esplicita, quella che si manifesta maggiormente come viscere della città, viscere urbane della metropoli.

Brevissima storia del trasporto pubblico milanese

Il trasporto pubblico milanese nasce nei primi anni dell'Ottocento, con la linea ferroviaria Milano-Monza. Il traffico cittadino è effettuato con vetture trainate da un cavallo, che curiosamente si chiamavano però anche "autobus" (o, più comunemente, "omnibus"). Con l'introduzione dell'elettrificazione, nascono alla fine dell'Ottocento le prime linee elettriche, che all'inizio sono diciotto, tutte con capolinea in piazza Duomo. Nei primi del Novecento compaiono le prime linee urbane a benzina, nel 1933 il primo filobus (delle belle immagini dei trasporti milanesi d'epoca si possono trovare all'indirizzo www.museodellascienza.org/treni). Nel 1957 iniziano i lavori per la costruzione della rete metropolitana.

Linea rossa È stata inaugurata nel 1964, con una lunghezza di 12 chilometri. Oggi si divide a ovest in due parti, con capolinea a Bisceglie e a Molino Dorino. Da questi estremi periferici giunge alla stazione Cadorna, dove partono i treni per l'aeroporto di Malpensa, il Duomo e poi passa per corso Buenos Aires e piazzale Loreto fino ad arrivare al comune di Sesto San Giovanni, per un secolo importante centro industriale e operaio (era definita la "Stalingrado d'Italia"), oggi zona residenziale. Durante i primi scavi per la realizzazione della Linea rossa, negli anni Cinquanta, sono stati rinvenuti molti dei reperti della Milano romana e preistorica.

Linea verde Nasce nel 1969, e congiunge Caiazzo, nei pressi della stazione Centrale, con Cascina Gobba, nei paraggi di Cologno Monzese. Oggi si estende a sud da Famagosta fino a diramarsi, a nord-est, nelle direzioni di Cologno Monzese e di Gessate. La linea verde passa per tutte le principali stazioni ferroviarie della città, e cioè Porta Genova, Cadorna (dove si incrocia con la rossa), Porta Garibaldi, stazione Centrale e Lambrate.

Linea gialla Nasce nel 1990. Dal comune di San Donato, passando per la stazione dei treni di Rogoredo, attraversa Porta Romana, giunge al Duomo e arriva, a nord, a piazza Maciachini, ultima fermata in ordine di tempo del metrò milanese, inaugurata nel 2003.

Passante ferroviario Con vent'anni di ritardo rispetto al progetto iniziale, il passante che collega le ferrovie Nord e dello Stato con alcuni punti della città nasce nel 1997.

Etnologia del metrò milanese

Al mattino presto la metropolitana milanese è all'apice del suo potenziale di spersonalizzazione. È lì, alle sette del mattino, che la pressione della forza lavoro, nelle sue molteplici forme, esercita il massimo della sua inquietudine ed implode nella totale assenza di relazioni tra "gli utenti".

Tutti leggono, o meglio guardano, il giornale.

Quasi sempre i giornali spazzatura distribuiti gratuitamente all'ingresso delle stazioni, fatti di pubblicità e notizie Ansa. Hanno una funzione prossemica, i giornali spazzatura. Aperti davanti al volto, esibiti distesi, tendono ad allontanare, significano "io sono impegnato, io non ci sono".

L'atmosfera si rilassa finito il flusso dei lavoratori, intorno alle otto, quando si succede la più allegra presenza dei bambini che vanno a scuola con il flusso, che dura tutta la mattinata, degli universitari.

Con l'ammorbidirsi della tensione, e lo svuotamento delle carrozze, inizia anche l'inarrestabile alternarsi di suonatori dell'Est e di zingari. A Milano, è praticamente impossibile compiere qualunque tratta metropolitana senza sentire il seguente testo, sempre uguale, famigliare a tutti i milanesi e recitato con voce stentata, teatralmente sofferente, con spiccato accento dei Balcani:

"SONO FAMIGLIA POVERA
CON BAMBINI PICCOLO
SENZA SOLDI PER MANGIARE SENZA LAVORO
PER FAVORE AIUTATE UNA MONETA UNA PICCOLA OFFERTA"

Generalmente è una donna con un bambino in braccio a recitarlo. Segue la raccolta dei soldi con l'ostentazione di un bicchiere di plastica di Coca-Cola, e questo è compito di un altro bambino più grande.

La reazione è quasi sempre di malcelato fastidio, di finta indifferenza.

Diversamente da quel che accade con i suonatori dell'Est.

Ecco qualche testo d'introduzione, prima che, imbracciata chitarra e/o fisarmonica (ma compaiono spesso anche i violini), inizino le musiche:

"BUONGIORNO A TUTTI
ANDIAMO A FARE UNA MUSICA AMERICANA BELLA PER TUTTI"

Perché americana? Non so. Oppure:

"Scusate signori buongiorno
Facciamo una musica allegra grazie"

Con varianti diverse.

Le reazioni a queste performance dell'indigenza sono generalmente più benevole di quelle che accolgono gli zingari.

Paolo Toschi, nel suo *Le origini del teatro italiano*, ritrovava proprio nell'organizzazione sempre più complessa, nel Medioevo, delle forme di richiesta di carità, l'origine del teatro dell'arte e delle prime compagnie itineranti che avrebbero dato luogo alla consuetudine del teatro moderno.

Qualcosa di questa arcaica messa in scena nella dignità della povertà resiste tra i vagoni della metropolitana milanese, negli improvvisati spettacoli musicali di chi mischia canzoni popolari dell'Est con valzer viennesi e la *new entry*, da un paio d'anni, l'inno dei sempre più distratti milanesi: *Mia bella Madonnina*...

Anche questa è globalizzazione.

Resistono poi fantasmi degli anni Settanta, alcuni degli storici "tossici" (oggi quaranta cinquantenni) che chiedono "una moneta" (spesso nella forma ormai desueta delle "cento lire", a cui segue altrettanto spesso l'ugualmente fuori tempo "mi dispiace, non ho una lira"... Ma come si fa a dire "Non hai cinque centesimi?" "No, mi dispiace, non ho un centesimo"...) e passano da un vagone all'altro, gli occhi spenti, la concitazione della "scimmia" di burroughsiana memoria.

Casi umani molteplici, di cui la metropolitana milanese diventa ricettacolo provvisorio e costante.

Come quello della donna che improvvisa un pietoso karaoke, subito redarguita perché "il volume è troppo alto, non si chiede la carità così" (sic), oppure del mutilato che non parla ma ti piazza sotto il naso il moncherino, con l'effetto della reazione animale, immediata, di repulsione (anche la pietà ha bisogno di una mediazione emotiva, specialmente in un non-luogo come è il vagone di una metropolitana).

Da alcuni anni, i manifesti che riempiono le fermate dei metrò milanesi sono pieni di scritte piuttosto strane, del tipo "Il diavolo è finocchio". Altre variazioni sul tema (una abbastanza costante è "Satana puttana"), tutti uniformi miscugli di deliri mistico-erotici, sono ben conosciute dai milanesi.

Nella routine meticolosa delle grandi arterie di passaggio della "Milano che lavora" fanno da contrappunto lunare.

Il lato oscuro dell'uomo che emerge tra le bellezze che pubblicizzano sui muri qualunque merce (in prevalenza telefonia mobile), nella distrazione generale, nella fretta.

In alcune stazioni (in piazza Duomo, per esempio) c'è poi "Telemetrò". La televisione per "gli utenti" (quanto è orribile questo nome) della metropolitana. È uno strano miscuglio di informazioni di servizio (ad esempio variazioni di percorso delle linee esterne), frammenti di video musicali, sommari telegiornali (iper-politically correct, quindi insignificanti) e messaggi autopromozionali del comune e della provincia (uno dei volti che si vedono più spesso è quello di Ombretta Colli, la "signora provincia", che sponsorizza svariate iniziative o invita a tenere pulita Milano). Tra manifesti pubblicitari, giornali e libri che gli utenti (scriviamolo senza virgolette, ormai ci siamo abituati) si portano appresso e televisioni da metropolitana, le stazioni della linea sotterranea di Milano sono un'overdose di informazioni finalizzate alla distrazione e all'accumulo di notizie "usa e getta", per ingannare attese brevissime in cui l'unica cosa, a mancare, sempre, è il silenzio.

La collinetta dell'amore e altre "locations" sentimentali milanesi

Sapessi com'è strano
Sentirsi innamorati a Milano
Senza fiori senza niente
Fra la gente
Tanta gente.
Sapessi com'è strano
darsi appuntamento a Milano
In un grande magazzino
In piazza o in galleria
che pazzia
che pazzia,
eppure in questo posto impossibile
tu mi hai detto 'ti amo'
io ti ho detto 'ti amo'
[...]

In questa celebre canzone, portata dal successo da Memo Remigi (che ne è anche l'autore) nel 1965, c'è qualcosa di inquietante. Si intitola, prevedibilmente, *Innamorati a Milano*, e racconta degli incontri sentimentali tra il cantante e la futura moglie Lucia.

Memo è di Erba, in provincia di Como, e veniva nella Capitale del Nord appositamente per vedere Lucia.

Tutto ciò non fa una grinza, è un caso particolare che ripete la forma degli infiniti casi di persone che, in ogni località del mondo, si incontrano per amarsi dando così vita alla perpetuazione della specie o alla non perpetuazione della specie. Ed è tipico dell'espressione umana descrivere tale esperienza, che è in fondo la molla della civiltà. Di tutte le civiltà.

Dell'umanità.

Ma è solo in questo caso che un innamoramento è descritto per la follia della sua *location*. Perché a Milano non ci sono i fiori, non c'è niente. Solo gente. Deprimente. Eppure l'amore, come la ginestra di Leopardi, attecchisce dappertutto. Anche a Milano.

Com'è strano.

Però non credo che Tokyo sia meglio di Milano.

E neppure Düsserdolf.

O Città del Capo.

Quello su Milano è un luogo comune.

I posti in cui a Milano è consono innamorarsi, o frequentarsi una volta che il sentimento è già nato, sono svariati. Eccone alcuni, classificati secondo il tipo di situazione sentimentale.

Amore adolescenziale

"La collinetta dell'amore". Il parco Monte Stella, detta anche la collina, o la montagnetta di San Siro, vicina al PalaMazda ex PalaVobis ex PalaTrussardi, è il posto adatto per limonare a Milano quando hai quindici anni. "Limonare" è il verbo giusto. Ha l'asprezza dell'adolescenza. È un bel termine. Come la collinetta che gli è consona. Il Monte Stella è stato costruito negli anni Cinquanta con le rovine, i rifiuti e e insomma gli avanzi della seconda guerra mondiale (diceva saggiamente De Andrè: “Dai diamanti non nasce niente, dal letame nascono i fior”), ammucchiati e poi coperti di terra e alberi fino a raggiungere l’altezza di 170 metri. In cima alla collinetta si vedeva buona parte di Milano, e particolarmente suggestiva è la visione del Duomo. Sulla collinetta è facile infrattarsi.

Dietro un platano.
Dietro un olmo.
Dietro una quercia rossa.
Dietro un tiglio.
Dietro una robinia.
Dietro una betulla.
Dietro un pioppo nero.
Dietro un cipresso.

Sotto un platano.
Sotto un olmo.
Sotto una quercia rossa.
Sotto un tiglio.
Sotto una robinia.
Sotto una betulla.
Sotto un pioppo nero.
Sotto un cipresso.

Sulle panchine lungo i sentieri. La collinetta è poco frequentata. Ci vanno i più audaci a fare jogging. I padroni di cani con relativo animale. Gli innamorati di quindici anni a darsi i primi baci.

Amore nottambulo

Milano di notte è più pudica. Smesso il lavoro, può diventare addirittura romantica. Le *locations* per amarsi nella capitale del Nord dopo il calare del sole sono moltissime, e dipende dai gusti della coppia quale scegliere. Suggestiva è la zona di Brera, ad esempio via dei Fiori chiari e dei Fiori scuri, con i cartomanti seduti sul bordo delle strade strette, nell'odore dell'incenso che vi cattura. Ma anche i ponti dei Navigli. E poi. Lo straniamento magico di piazza Cordusio e via Dante quando si svuotano, e surreali mostrano l'incontrario del giorno, sotto le luci dei negozi chiusi, le vetrine paralizzate in un commercio sospeso, in bilico della notte, in punta di piedi, per non disturbare fino al mattino dopo. Ma i più accaniti possono trovare romantica, di notte, anche la Milano di giorno più insostenibile, quella delle tangenziali ad esempio. Un autogrill, di notte, non è un autogrill. È pura astrazione. Un altro pianeta.

Evergreen

I giardini pubblici. Da sempre luogo di frequentazione delle coppie milanesi, oltre che dei fumatori di canne. L'anfratto degli innamorati può essere turbato dalla confusione generata dalla compresenza dei due gruppi. Così se siete appartati a limonare può darsi che arrivi qualcuno a chiedervi se avete fumo. I giardini pubblici sono adatti comunque a ogni tipo di coppia, e strazianti sono le coppie di anziani che ai laghetti del parco si tengono per mano. A ogni stagione.

Amore indimenticabile

Baciarsi in cima al Duomo, anche se il vostro bacio finirà per essere inevitabilmente ripreso da un turista giapponese, per finire magari in un album di Osaka, è un'esperienza indimenticabile.

Là sopra Milano offre il suo meglio.

E il meglio del meglio è quando c'è la nebbia.

Forse non sembra il paradiso, ma almeno il purgatorio, con le sue ombre statuarie, la percezione costante di "essere altrove" sono da rapimento estatico milanese e cioè contenuto, diciamo nordico, diciamo comunque bellissimo.

Il poema di Milano. I Navigli

Il primo canale navigabile del mondo

Il primo punto di collegamento tra Milano e la vita che a Milano veniva in barca attraverso i Navigli attraverso i secoli cresceva

Da dove arrivava il marmo per costruire Milano
Da dove arrivava l'acqua che irrigava Milano
Da dove confluivano le merci per sfamare Milano
Da dove si attraversava Milano in barca
Da dove arrivavano le acque della Svizzera
Da dove il Lago Maggiore entrava a Milano

Moltitudini di navi
Di barche
Di chiatte
Di persone
Di animali
Di detriti
Di storia

Dove c'erano gli antichi lavatoi
Dove sono nati i primi laboratori artigianali

Dove si organizzava la vita cittadina
Dove i confini si dilatavano all'infinito

Quando Milano non aveva inizio
Quando Milano non aveva fine
Quando Milano scivolava nell'acqua
Nel rumore dell'acqua
Nel silenzio
Nella voce dei venditori ambulanti
Nell'abbaiare dei cani

Nel sussultare degli anni
Nello scorrere dei secoli
Nel confondersi dei millenni
Nella confusione degli anni
Nella confusione dei secoli
Nella confusione dei millenni

Nella dimenticanza
Nella trasformazione
Nella novità
Nella negazione
Nella cancellazione
Nella ristrutturazione turistica
Nell'edificazione di locali alla moda
Nella memoria
Nella memoria Milano non è
Milano.

E neppure Milano Due
Per fortuna.

Millenni

Milano è come la punta di un iceberg.

Sotto, immensa, c'è la sua storia. Ogni tanto un'onda ne scopre un frammento, prima che le acque, nell'opera di corrosione inarrestabile che questa città si è proposta per esistere sempre presente a se stessa, nel presente, lo riportino sotto.

Millenni underground.

Per conoscerla, bisogna avere la pazienza di ascoltarla.

Con lo stetoscopio.

Come pulsa dentro.

Bisogna saperla sentire.

Suo malgrado.

Dove rivela la sua memoria. Diceva Nietzsche che la vitalità non trae giovamento dalla storia. Chi vive, se vuole andare avanti, deve dimenticare.

Il suo passato.

E Milano si dimentica, si trasforma come la divinità azteca con cui abbiamo iniziato questo libro.

Per sopravvivere a se stessa.

Milano cambia il palinsesto, si direbbe se fosse una trasmissione come in qualche modo è nel suo inarrestabile flusso di informazioni che ogni giorno la attraversano, nella sempre più rada nebbia invernale o nell'insostenibile, metafisico, a tratti caldo estivo, nella marea di gente che l'attraversa, come uno specchio.

Nel tempo.

Sono tante le cose di Milano che mancano in questo libro, dove non si parla del teatro alla Scala, dell'Accademia di Brera, di tantissime cose che ci sono e che si trasformano in questa città trasformandosi a loro volta con essa.

Non poteva essere diversamente.

La punta dell'iceberg pulsa adesso.

Chi vive a Milano lo sa.

Ne sente l'energia.

La fretta propositiva.

Sotto questa pressione non esiste completezza.

Come in un perenne cantiere.

I bordi della fotografia fuggono.

Le prospettive si allargano.

Parlare di Milano diventa allora la ricerca di una chiave d'interpretazione che ne comprenda le altre, la loro potenziale infinitudine.

Quella sensazione da capogiro per cui, dicevamo all'inizio, *Milano non ne vuole sapere di essere se stessa.*

Sta diventando sempre qualcos'altro.

Ci arrivi, decidi di passeggiarci, passeggi in un perenne cantiere e pensi a quando sarà finito.

Il cantiere.

La città.

Ma non finiscono mai, il cantiere, la città, e continuano a cambiare.